親愛的
你應有此報

WARNING
MY DEAR , YOU DESERVE IT !!

姬雪 — 著

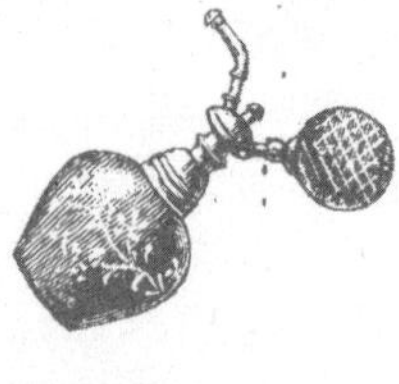

PROLOGUE

★★★★ 序章 ★★★★

序章

PREFACE

有沒有觀察過身邊的人還有多少個還相信「愛情」？

今天走在熙熙攘攘的人群中，每個人都有幾段傷心的往事吧？無論多麼快樂的時光，自己又是否做到好好珍惜？

在慌亂的城市有著很多藉口，人人都假裝若無其事的樣子，看著人人用虛偽的態度和言語，重複過著每一天，我想問，你現在真的滿足嗎？

如果你受過傷，你還會再相信世上有一生一世的愛情嗎？

但因為嘗過戀愛的滋味，所以很想很想再回到那種甜蜜的時光，徘徊在跟任何人都嘗試發展的階段。不管是傷害人或被傷害，很多感覺，很多感情，一直都處於輪迴狀態，有完沒完。

女主角凌初一曾經是一名對愛情抱有極大憧憬的少女，卻不幸遇上了一個壞情人，把她從夢中喚醒。那種痛不能用言語簡單的表達出來，繼而讓她心裡恨透，不是有句俗語：「你有多愛，就有多恨。」

她不想再嘗到那種痛不欲生的滋味，所以變得不再相信愛情，但她沒有變為玩世不恭的玩家，反而機緣巧合之下，她加入了一個叫「Rid of Love」，簡稱 ROL。

ROL 是白莎莎在國外時加入的一個秘密組織。凌初一和白莎莎在機緣巧合下認識並團結在一起。

然後一個又一個「復仇計劃」呈現出來，讓人大快人心！

當你以為自己沒有能力再去愛上一個人的時候，上天會安排你又遇到生命中特別的一個，讓你重回戀愛甜蜜的滋味，卻又逃不過分開的命運，然後，再然後。

走得太快總會失落了些什麼，世界沒有愛與希望還是不行的。

命運就是喜歡捉弄人。

帶著傷悲，一再重複著錯誤，我們就是這樣長大成人。但我仍然希望每個人都知道，我們並不孤單。

那不知不覺中遺失了珍貴的東西，如果沒有遇見那個他，你仍然還活在那狹小的天空下嗎？

＊白莎莎——請參閱《罪愛》的女主角

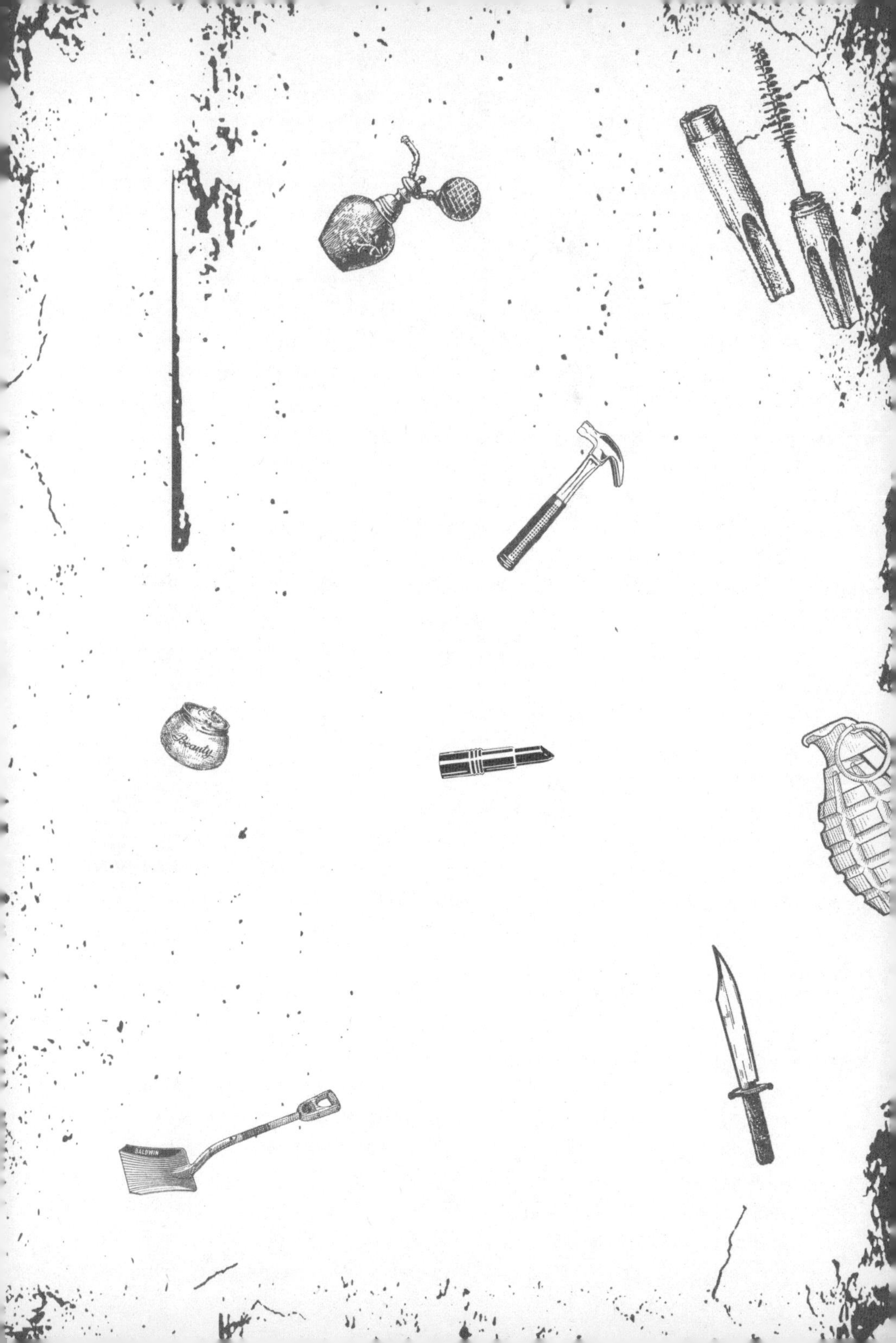
Beauty
BALDWIN

RETURN

CHAPTER ONE

★★★★ 第一章 ★★★★

CHAPTER ONE

第一章 RETURN

香港國際機場大堂一樓。

「滴答、滴答、滴答……」一名男子一邊低頭看著手錶，一邊抬頭看著螢幕板，顯得有點焦急。

「怎麼還沒看到人影……」男子有點不耐煩。

男子嘴裡嘮叨著，但眼睛死盯著接機入口遠處，那怕他會錯過他一直在等待的人。

不久，一個長髮披肩的身影拖著一個粉紅色的中型行李箱，踏著一雙兩吋的高跟鞋，架著一副大墨鏡，施施然地走出來。

女孩非常漂亮，她穿著黑色半雪紡長裙，上身配襯著一件簡單的純白色的荷葉露肩上衣，染了金褐色及肩的頭髮，比典型的日本涉谷辣妹又多出一點貴氣及時代感。

就是走到哪裡，路人的回頭率都不會低過 90%。

男子用上幾秒鐘一眼就把她認出來，看到她安然無恙地出現，終於鬆了一口氣。

「妳的航班一早就抵達，為什麼妳比其他人更晚走出來？」男子有點責怪的語氣問。

「嗚哇！女人不準時是常識吧？我們這麼久沒見面，第一句話不應該是這樣吧？」女孩笑得很開朗。

「由此至終我都沒把妳當成女人來看，別用這種爛藉口來掩飾妳遲到的事實，兄弟！」男子沒有退讓。

「對對對，是我不好，我遲到了，我的好姊妹啊！別生氣，就讓我一次吧。」女人自知理虧，先順著他來個道歉。

「別生氣嘛，等一下我請你喝一杯，生氣的樣子不帥啦。」

男子無可奈何地嘆了一口長氣，他不是真的生氣，一早已經習慣這老朋友的惡習，要真的怪她的話，今天他就不會站在這裡焦急地接機。

女孩水汪汪的大眼睛裝可憐地盯著他，期待他會說出溫柔話語。

「歡迎回來，莎莎。」男子敗給她了。

「我回來了，新太。」女孩很滿意的表情，笑得更開懷。

新太紳士地主動接過莎莎手中的行李，莎莎也很禮貌地說聲謝謝後，兩手空空的她大搖大擺地跟他並肩並走著。

「妳要先回家？還是有什麼地方想去？」新太問。

「當然先不回家啦！我想……去那裡！」莎莎想了一想答。

「那裡是哪裡啊？」

「就是我們的老地方啊！」

「三年不見，妳還是一樣這麼精力充沛。才剛下飛機就要說喝酒，妳這個中女似乎也沒有什麼退步吧。」新太譏笑著。

「別中女、中女這麼難聽，我還沒到三字頭，何況現今女性到三十歲，女人味才慢慢滲出來！」莎莎撒嬌著：「這麼久沒見，實在太多話想跟你說，別強迫我回家啦，人家想見見你多一會嘛。」

「別跟我來這一套，我受不起妳知道的。」新太沒好氣地說走吧，還好妳的行李不多，就跟妳離開時輕便。」

＊加新太——請參閱《罪愛》的男主角

乾一杯酒吧。

「嗚哇！好久沒來這裡！環境一樣，但好像轉了老闆和員工呢。」

「小姐，妳都離開三年，要變的都在改變，香港有哪些地方還可以五十年不變？」新太淡淡然。

「是這樣嗎？最少我和你的情誼多少年都不會有改變。」莎莎舉起她最愛的 Cosmopolitan（柯夢波丹）跟新太碰杯。

他們之間的友誼並不是一朝一夕的事，是時間和經歷一點一滴地蓋出來，沒有人可以動搖到他們。

新太先從頭打量莎莎全身上下：「手上沒有戴結婚戒指，即是還沒給人私有化？」

「不好意思讓你失望。放心，結婚的話要你當姊妹的份不少得。」莎莎氣定神閒地說。

新太笑了，打從心底裡地笑出來。他們雖然相隔了三年再聚，並沒有像一般人給時間洗禮，從而變得陌生。他們相處方式跟以往一樣，都是互嗆互罵的溝通。他感激她沒有變，感激他重視的這個女人平安地回到他身邊。

莎莎從歐洲終於回來了。三年前，她並沒有如新太所說，會嫁給老外。在這三年期間她遊盡了大半個歐洲，從歐洲最北端的挪威到最南端的西班牙。

「今次回來後還會再離開嗎？有什麼打算？」

「這次回來是有事要辦，辦完後再休息一下，下一步的事下一秒再想吧。」

「有事要辦？有什麼事要辦？」新太好奇。

「嘻嘻，很快你便會知道。」莎莎幽幽地說。

知道莎莎在耍性子，但不知道在盤旋什麼，他亦清楚她的性格越追問，她越不會說，等她想開口說時，自然會知道。

「賣什麼關子，吊人胃口。」新太嘟囔。

只見莎莎嘴角上揚，暗暗偷笑，沒有正面回答他。

他們正聊上天南地北的時候，突然有一位女孩從洗手間方向走過來繞到新太身後，搖搖晃晃，不小心整個摔倒在他旁邊，嚇得新太連忙轉身想扶著她也來不及。

女孩跪在地上，左手按著左腳的足踝示意扭傷了：「很痛……」

這個忽然像電視劇集一般糊塗地摔倒在男人面前的女孩，個子不高，有點瘦弱得過分的身軀，那整齊的瀏海和烏黑的直頭髮很配，穿了一條粉紅間紋的上衣加窄身四分牛仔褲，再加上男人最愛的尖頭高跟鞋，完全是足踝的誘惑。

新太彎下腰伸手扶她，溫柔地問：「沒事嗎？有沒有哪裡受傷？」

女孩咬了咬下唇，輕聲道：「對不起……我喝得有點多，一時站不住腳……」

「能站起來嗎？」

「嗯……腳好像有點扭到，但不要緊……」

女孩嘗試勉強地站起身來，但見她渾身乏力，新太再上前一步扶她起來。

她拉著新太伸出的手，緊緊地摟著他的脖子，撲進他的懷裡。

新太扶她上椅休息，關心道：「很痛嗎？能走嗎？」

「我想先休息一下看看吧，謝謝你喔。」女孩笑得很開朗，露出了一雙兔子牙，很可愛。

莎莎把一切看在眼裡，沒有要介入干涉的意思，繼續小啜她的杯中物。

「喔？新太哥很溫柔喔！又想讓萬千少女迷上你了嗎？」莎莎揶揄他。

新太沒有理會莎莎的嘲諷，就算以前新太是一個多麼卑鄙的玩家，但經歷了之前人生的慘痛經歷，他已經再沒有把感情當遊戲的想法，相反，他保留了他應有的紳士，只是擔心眼前這個女孩的傷勢。

此時，有一位男人推門而入，他擁有一副不輸給新太的一米八三的身高，而且肩膀也特別寬敞，一看就知道是平時有健身的身材。

這男人有一雙迷人的單眼皮，但眼神很銳利，就像凡出現在他面前的獵物，都不會逃得過他的狩獵，是一個非常吸引異性的男人。

男人一進門口直奔到女孩和新太面前，看著女孩好像醉醺醺的樣子，再望望她身旁的男性，新太。

「先生，請問你想對我的女朋友做什麼？」男人直接問。

新太傻眼了，他把女孩扶起來後，亦沒有跟女孩有任何肢體接觸，這個男人突然衝過來問這問題，氣勢凌人，是想找碴嗎？

但新太曾經也算是一個身經百戰的男玩家，多少風風浪浪沒遇過？他才不怕前面這個像猛獸威勢的男人。

「請問你又覺得我可以對這位女士做得了什麼？」新太投以一個不慍不火的微笑，反問。

男人給突然的反問弄得無言，轉移目標向女孩發火，他用那一雙大手抓著女孩的肩膀，粗暴得可怕。

他嚴厲地盯著女孩，把聲線壓下來問：「妳這個水性陽花的女人，又想背後跟別的男人互送秋波嗎？」

酒吧內其他客人都不敢干涉在內，大多都是停下手來偷望著這場鬧劇怎樣發展。這次是在鬧什麼類型的事件呢？是有人在派帽嗎？還是家庭暴力的故事？

每個人都是「食花生，等看戲」的神態，看著這接近一米九的男人，大概大家都有自知之明，知道自己比不上人，好聽點是不敢輕舉妄動，不好聽的是事不關己，己不勞心，最好是避之則吉。

女孩的肩膊被他雙手抓得有點痛，沒遐去解釋，只是低語：「好痛……你弄痛我了……」

新太全都看在眼裡，心裡冒起火來，一手推開男人：「請你尊重女性，別在動粗！」

男人給他這樣一推，仇恨心又轉移回新太身上：「我跟我女朋友說話關你什麼事？」

「我絕不容許男人對女生動手動腳，你要動粗的我陪你玩！」新太不怯場。

男人跟新太互相怒目而視，在比氣勢強勁，雙方都沒有退讓的打算。

「好，Stop！Cut！」莎莎突然伸手往這兩個大男人中間間隔著。

「好啦，鬧劇正式告一段落！你演得很好，何守禮。」莎莎得意洋洋地笑著。

「什麼？妳說什麼？」新太一臉問號。

這時本來怒氣沖沖的男人突然變得溫和，別個臉隨手拿起桌上新太喝過的啤酒一口乾下去。

氣氛突然變得很莫名其妙，看見女孩跟莎莎笑得合不攏嘴，男人又好像沒什麼事發生似的，還在跟自己裝熟喝著自己的酒的男人明明一秒前差點要動起手來，現在這氣氛究竟是怎麼一回事？現在就像只有自己身處在狀況之外。

「是不是覺得這情境好熟悉呢？」

咦？是啊！怎麼這個兩男搶一女的情境好像有一點熟悉？新太突然回想起來，是以前莎莎被一個四眼男抓著糾纏，他去拯救過莎莎時跟四眼男同樣上演過類似的一幕。

「是不是要給我一個解釋？」新太有點不耐煩。

「哈哈，這位出色的男人叫何守禮，是ROL最受歡迎的員工。」莎莎雙手放在守禮肩上，調皮地說。

「ROL？」

「Rid of Love，擺脫愛情的意思，可以說是一個秘密組織。」

「秘密組織？妳在搞什麼？我聽不明白妳說什麼？」新太依然疑惑。

「等等，在我解答你之前，還有一個人沒介紹呢！」莎莎打斷新太的發問，然後把剛剛摔倒的女孩拉到新太面前：

「別要忘掉我們這位大美人，她才是我們組織最得意的靈魂人物，凌初一。」

初一露出最親切的笑容，主動向新太伸手握問。

「嗨，讓我重新自我介紹一次，我叫凌初一，叫我初一就行。」

「啊？妳也是他們組織的人嗎？」新太沒有跟她握手。

「是的，不好意思，讓你突然無故地參演了一齣小劇場。」初一有點不好意思。

「這意思是妳跟他不是情侶，只是你們在跟我鬧嗎？」新太指著守禮。

初一識趣地把手收回去：「真的很抱歉，其實我們不是有心……」

「你就別這麼小氣啦，不是有心要你的。這全是我的主意，別怪人喔。」莎莎打圓場說。

新太深呼吸一下，嘆了一口長氣。

「好啦，我沒有氣啦，請解釋這是怎麼一回事，ROL 又是什麼來的？」

「當我在歐洲環遊世界的時候，認識了很多人，守禮和初一就是我其中最主意的核心隊員。ROL 是一個秘密組織，我是從一個機密情況下被發掘加入。它的工作內容跟它的名字一樣，Rid of Love，擺脫愛情。擺脫愛情所帶來的一切痛苦！為了紓解人們因愛情被背叛，被捨棄的精神，要讓對方得到同樣的教訓，要對方明白自己的一言一行，對當事人究竟造成多大的衝擊和傷害，不是就這樣拋棄了別人，自己卻過得風流快活。對於這些人，一定要給他們教訓！」莎莎說得咬牙切齒，眼神非常堅定。

「可以簡單的理解為幫助別人報復的組織。」守禮後補一句。

「報復？」

「是的，當我們接到一些客人的要求，會分析他/她們的需要、選擇的服務範圍，由輕至重安排不同服務。當然我們不是什麼 Case 都接，亦會了解報復對象是否真的值得得到教訓，不會隨便令人難受的喔。」初一接著解說。

「ROL……怎麼我沒有聽說過？這次妳回來就是為了這個組織？」

「它是一個秘密組織，我們會主動找客人，從討論區也好，網站也好，亦會有客人自己找到我們。」莎莎說：「而其次要回答你的是，對！這次我回來是為了兩個任務！而委託人就是我們的本土本地的香港人。ROL 派了我、守禮和初一回來執行這些任務。」

「這是什麼搞什麼嘛……妳一直沒有跟我提起過這些……」新太嘗試努力地去接受。

「這次介紹朋友給你認識的方法也是我想出來的，很別出心裁的偶遇吧？」莎莎有點沾沾自喜。

「嗯，是真的讓我有點唐突，但這已經不要緊，我只想知道，妳做這些會不會有危險的？」新太換轉擔心道。

新太跟莎莎的感情已經比朋友高出一般的濃度，但又未到達愛情的境界，多一份關心，少一份愛意，他們認為這是他們之間，最良好的關係，因為戀人分手了可能會各不相干，但朋友可以一輩子陪伴在身邊。

「這次我要把他們介紹給你，是因為有件事，需要你的幫忙。」

「什麼事？」

「又或者說，我很希望你可以加入我們，有你的幫忙，組織就多一個更得力的幫手。」

新太有點為難，因為他根本不知道這是一個怎麼樣的組織，但又怕莎莎會不會遇到什麼危險，所以他先答應著，好讓他有時間觀察一下。

「這……有點太事出突然了，讓我慢慢消化一下才回答妳吧。」

「不要緊，首先讓你看看我們 ROL 是一個怎樣的組織。」

「明天早上十一點，約你在尖沙咀的 LCX 等，去見見我們香港的第一個客人，不見不散。」

莎莎就這樣把新太拉下水，她很希望新太會支持她的工作是怎樣有意義。

《人與人之間互相不了解，不了解才會顧慮，不了解才不會有任何偏見。》

尖沙咀 LCX 其中一間咖啡店。

新太提早十五分鐘來到咖啡店的門口，他還在猶豫要不要進去時，此時，後面有一隻手輕輕地拍他肩膀。

「來了嗎？不進去嗎？」原來是初一。

她今天穿了一身連衣碎花裙子，束起一條長長的黑馬尾，很清麗脫俗。

「是妳喔。妳今天也要一起見客人嗎？」新太顯得有些微緊張。

初一看得出新太猶豫不決的神態，安撫著他：「別太緊張，沒事的，今天我們不用直接跟客人見面，我們只需要坐在鄰旁聽著，就當一般約會我們普通聊聊天就行。」

新太跟著初一進到店裡最裡面、靠近的窗口位置坐下，不到一會，他看到莎莎出現了，但莎莎沒有要跟他打招呼的意欲，也裝作沒看到初一，長驅直入坐在他們旁邊的座位上。

新太不明所以，想站起來跟莎莎說話，卻被初一阻撓，拉一下新太的手，示意他坐下。

即使他用了超級疑慮的眼神看著初一，初一也當作沒看到，只是把食指輕輕地放在唇邊，示意他安靜。

「要點這個精選下午茶餐嗎？它有草莓雪糕配吐司呢！好像好好吃喔！」初一如同小女孩般一邊看菜單，然後天真地看著新太。

看著她那水汪汪的大眼睛，新太沒她辦法，只好點點頭說好。

他在心底裡思量著現在到底是什麼狀況時，突然跟一個年輕美眉在陽光絢麗的日子下約會，還吃著各式各樣可愛的精美甜點，讓他哭笑不得。

已經到了約定時間十一點，只見鄰桌的莎莎在低頭滑手機，要等的人還沒到。

再過了十分鐘，還是只有莎莎一個身影，但莎莎看起來很淡定。

「你就放輕鬆吧，不用太在意，我們來聊一下你的事吧。你一直都是單身嗎？」初一突然把話題轉移到新太身上。

「什麼一直？」

「我在紐約的時候聽過很多你的事了，從莎莎身上。」

「莎莎這個大嘴巴。說來聽聽，她說我什麼壞話？」新太小酌一口咖啡。

「嘻嘻，她才沒有說過任何你的壞話，就算她說話的口吻很像罵你，但在我聽來，她滿嘴都是愛你的表現喔。」

「愛？！」新太有點嗆到了。

初一遞上紙巾，溫柔地說：「我知道你們之間不存在男女之間的愛，但又比普通的朋友多出一份感覺，其實你很愛她吧？看你這麼緊張的樣子就知道了。不知道這可以用什麼言語來表達……但我很羨慕你們。」

口裡還含著咖啡的新太為了掩飾他的害羞，還沒吞下第一口咖啡，又急不及待拿起杯來喝第二口。

「並沒有什麼好羨慕吧，只是不知道上輩子欠她什麼，這輩子就是要來還給她的。」新太打圓場說：「別說我的事了，來說說妳和莎莎是怎樣認識，為什麼要跟她一起幹這些古怪的事？」

「古怪嗎？我反覺得很有意義呢。」

「有意義？」

「我跟莎莎在紐約一間酒廊認識的，我記得那時是冬天，又在下雨，酒廊的客人很少，我跟我前男朋友相約在那間酒廊碰面，我比他先到達，點了飲料等著他。」

初一繼續回憶著。

「那是一間爵士古典樂的酒廊，每逢週六週日都會請來一些歌手來獻唱拉闊，第一次看見莎莎就是看到她在舞台上唱歌。她很美，歌聲也很動聽，華人來說有著這甜美優越的聲音很罕見，就這樣我被她的歌聲吸引著。」

「聽著聽著時間就過去了，看看手錶不知不覺發現男朋友遲了大半小時還沒到，終於按捺不住拿起電話打給他……怎知道當電話接通的那一刻，是一把女聲回應著我。」

《別太依賴一個人，待哪天他離開你時，你就活得不像你自己。》

追溯到初一的回憶錄——爵士酒廊。

「鈴……鈴……」電話響了很久。

初一撥了一次又一次電話，響了很久，都沒有人接聽，掛線後又立即打多一次。

「鈴……」

電話接通後響了一聲後，突然咔嚓一聲掛斷。

本來心急如焚擔心著男朋友是不是出什麼意外，一剎那，真不可小瞧女人的直覺，初一已經感到萬分不妥當。

她再深呼吸一下，打多一次給男朋友，這次響了一聲後，很快有人接通電話。

「喂？」初一先說。

「Hello！」電話裡頭有一把女聲回應著。

「這是古韋柏的電話，妳是誰？為什麼妳會接聽？」

「噢，為什麼妳不說英文？怎麼知道我是華人呢？」

「聽妳口音就知道，別扯開話題，妳是誰？」

「也對啦，其實妳也是時候有必要知道我是誰。拜託，妳就不要這麼不通氣，打了這麼多次都不心息，不會放棄啊？沒有人教妳做女人不要太咄咄逼人嗎？」女人語帶囂張。

「我的事不關妳事，我找古韋柏，麻煩妳把電話還給他！」

「妳找柏柏嗎？他在洗澡呢。啊！對喔，他今天跟我說他有約，原來約了妳。」

初一聽到她說他在洗澡，她不敢想像，也不知道可以怎樣回答。

「別在鬧啦！把電話還給我！」電話裡頭轉了一把熟悉的男聲。

是古韋柏！這個跟他一起六年的男朋友，怎麼會認不出他的聲音呢？

古韋柏接過電話後，說：「喂，初一……」

初一盡量保持冷靜：「阿柏，你在哪？我一直在酒廊等你。」

她沒有問那個女人的事，因為這一刻她最想要的，是古韋柏本人在她眼前，她害怕古韋柏就這樣消失在她生命裡。現在無論如何都想要見到他，所以她只可能按捺著情緒，不可以逼得他太緊。

「抱歉……我突然有點急事，妳別等我，我晚一點再跟妳聯絡……」

「沒關係，我會一直在這等你，有什麼先來後再說，阿柏。」初一態度堅持地說。

「初一……我……」

「好啦，音樂又開始要播放了，等一下見面再說，我等你。」

她搶著下決定，不讓古韋柏有機會拒絕她，雖然她裝作氣定神閒，但心卻顫抖得很厲害。為什麼突然有一個陌生的女人在他身邊，還一直說出這麼挑釁的說話。她不是不知道什麼是第三者的威脅性，但至少她是如此一直相信自己的男朋友。

古韋柏是凌初一的初戀，她們在高中畢業前已經在一起。為了這段純樸的初戀，她不顧家人反對，追隨著阿柏到美國留學去。

一個剛成年的小女生，除了家人給她開學的支援費用外，一切都是她靠半工讀賺外快來支撐著生活。有別於阿柏有家人支援他，可以不用愁困於金錢問題，盡情享受外國大學生的生活。

初一沒有因此自怨自艾，她還為持續這段戀愛而感到驕傲，認為一切辛苦都是值得的。因為單純的她對愛情抱有希望、抱有幻想，對世界充滿幻想，仍為自己努力，前面的路都充滿曙光。

事情突然發展到這個地步，不得不裝作什麼事都沒有發生。但她根本沒有任何計劃或想法面對古韋柏，只是她知道，如果就這樣不見面，就這樣帶過去，從此就再也不相見。

初一在酒廊等了又等，桌上的酒點了一杯又一杯，因為心很慌亂，喝了又喝，希望酒精讓她不用太清醒，希望醒來後有誰告訴她一切都是夢。

半個小時就這樣過去，不勝酒力的初一伏在桌上，有人慢慢走近她身旁，輕輕推了一下她的肩膀：「初一？」

初一緩緩睜開眼睛，是古韋柏！跟她相戀了六年的初戀，也是她一生中的最愛，最後他終於出現在她面前了。

她很開心地站起來，拍拍自己迷糊的腦袋，笑容滿面：「阿柏，你終於來啦？我就知道你一定會來！坐吧，要喝點什麼？」

古韋柏沒有回應她，雙眼也不敢直視她，像做了虧心事的閃躲著。

「我不用……我來是有話想跟妳說……」

「這裡有你平常最愛喝的 Gin Tonic，就幫你點這一杯吧。」

「不用了……初一，先聽我說……」

「你吃了飯沒有？不要餓肚子喝酒，對胃不好，我們點一客薯條還是雞翅膀好嗎？」

「……我們分手吧。」

一直不想讓他說的話語，最後就這樣直接說出來啦。為什麼一見面，連跟她聊聊天說一些沒關係的話都不願意，就這樣說出你來這裡的目的？為什麼？為什麼連解釋的謊話也不說？為什麼不騙她？為什麼？

本來舉起手來想點餐的初一把手緩緩放下，一直盯在餐單上的目光，終於把視線正面投向古韋柏身上。她看著他，看到古韋柏的眼神很堅定，很熟悉，但從他的眼神已經看不出他從前的溫柔。眼前這個人什麼時候變得了如此陌生……

「為什麼……」初一終於勇敢面對她們之間的問題。

「我喜歡了別的女人……」

「從什麼時候開始？為什麼這麼突然？」

「其實並不是突然，已經好一段時間，有大半年了。」

「已經大半年？！為什麼我一直都沒有察覺……你背叛了我，在背地裡跟其他女人暗交了大半年？！」初一開始有點激動，聲量開始控制不了。

「對不起……是我不好，但如果硬要說原因，就是因為妳一直都太忙，一天到晚不是上學就上班，週日、假期妳常常不是要讀書就是要兼職。別說約會，我們一個月也見不到一次……」

「我忙是因為我真的要工作！我還是一個學生，學業當然重要！但我家裡沒有那麼多錢支付我生活費，我要安排這麼多兼職就是為了我們啊！為了我還可以在這裡生活！為了可以跟你在一起！所以我才這麼努力，我一直都這麼努力……」她哽咽著。

「這就是變成了你出軌的原因嗎？」

「……對不起，初一，我也很想好像以前跟妳一起兩小無猜，但我不開心或有煩惱的時候，我需要別人關心的時候妳都沒有在我身邊，我有女朋友好像跟沒有女朋友一樣……」

「你覺得我不想陪在你身邊嗎？你覺得我不想跟你天天見面嗎？」初一眼淚掉下。

「……」古韋柏沉默。

這時候酒廊的門再度被推開，走進一個頭髮染成金黃色、長度及肩的女子，臉上還化了很濃的妝，身上一條貼身的露背長裙加兩寸高跟鞋，豔麗誘人。

這個嬌豔的女人朝初一和古韋柏那桌走過去，初一是背著門口坐著，所以她沒發現這個女人的出現。

「Hello！」

很熟悉的聲音，剛剛在哪裡有聽過？

初一回頭乍看這個女人，一看就知道不懷好意的人。還來不及任何反應，古韋柏先開口跟這個女人說話。

「妳進來幹什麼？我不是叫妳在外面等著我嗎？」

「親愛的，我等了很久啦！不是說十分鐘就會完事嗎？」

「還沒說完……」古韋柏有點尷尬。

「有什麼要說這麼久啦？就直接跟她說你不愛她啦，『分手吧』就行啦！」女人晦氣地說。

「妳是誰？我跟我男朋友說話關妳什麼事？」初一哽著喉嚨說。

「哦？正確來說，上一秒他可能是你男朋友，但這一秒開始他是我、的、男、朋、友。」女人的氣勢不比她弱。

「什麼？就是這個女人嗎？你為了她不要我嗎？我們一起已經六年多快七年啦……」

「不要妳就是不要妳，幹嗎在這裡哭哭啼啼？愛情沒有說越久就是越好的，只有愛與不愛的問題。」

「現在他愛的是我，已經不愛妳啦，拜託妳就別再這麼糾纏啦。」小三咄咄逼人。

初一簡直不敢相信這突如其來的分手，最重要的是眼前現在跟她談分手的是這個第三者，而古韋柏一直在旁沒有出過任何聲音，讓她自己給這個小三如此羞辱，他都沒有要幫忙的打算，彷彿自己是旁觀者一樣。

這個男人瘋了吧？他不是她一直最相信、最深愛、要跟她天荒地老的男朋友嗎？

「阿柏……你出句聲吧，求求你，告訴我這不是真的……」初一淚流滿面地哭求。

但古韋柏還是動也不動，只是一直低下頭別個臉，不敢直視初一。

「求求你告訴我這一切都是假的……只是你跟我開的玩笑，來教訓我最近冷落了你，好嗎……？」

她雙手揪著他的衣袖，就懇求他別要這樣狠心，看她現在都哭成淚人，只求他的一句，從他踏入這間酒廊開始，他的一言一語，都沒有對她溫柔過。就算現在她這樣跪求他了，也不為所動。

古韋柏不帶任何一點溫情，把抓著自己衣袖的手甩開，轉身拖著小三的手大步離開。臨離開酒廊門前，初一奮不顧身的撲去拉著古韋柏的褲腳，不想讓他就這樣離場，不想就這樣終結這段感情。

小三看見她這樣死纏難打，不由得冒起火來，提起腳想往初一身上踏時，突然有一隻手伸出並推開小三，把小三推得往後退了幾步。

是一直在台上獻唱的歌姬，她就是莎莎。酒廊裡大多都是洋人，只有她一個懂得廣東話才把整件事情聽得清清楚楚，實在看不過眼，她跳下台阻止了小三的攻擊。

「妳是誰啊？！幹嗎推我？！」小三破口大罵。

「我是誰不要緊，最重要是妳所作所為實在令人髮指！只要是女人看到這一幕還能當沒看到嗎？妳這個搶別人男人的女人這麼不要臉喔？自己介入別人的感情，充當小三還要那麼趾高氣揚？如果這裡全部人都聽得懂廣東話，我相信不會只有我一個人出手去推妳。」莎莎氣勢凌人。

小三此時才偷看周圍的人的目光，大家的神情也很不友善，她也知道再糾纏下去她會很吃虧，便拉著古韋柏大步離開這間酒廊。古韋柏的背影隨著雨點灑到地上的嘩啦嘩啦聲的消失了。

「不要走！阿柏！不要走啊！求求你回來……求求你……」初一趴在地上哭喊著。

莎莎把她扶起來，領她到酒廊最裡面的一個梳化座位，倒了一杯暖水放在桌上，其他客人看見鬧劇結束，覺得這個時候兩個女人聚在一起，就是女人們的事了。

一直只懂哭哭啼啼的初一按不住受傷的心，放聲大哭。哭了很久很久，終於哭得有點累，情緒開始平靜一點。

莎莎遞上暖水示意她喝一點，初一啜一口水後，終於止住淚水，開腔道：「剛才……謝謝妳來幫我……」

「不用謝，只要是女人也會理解這個局面的。」

「我實在很傷心，我不明白，我不明白為什麼他要這樣對我？我做錯了什麼……」

「妳並沒有錯，不要把別人的絕情，當作自己的過錯。」

「那他為什麼要這樣對我？我都這樣求他了，他對我居然沒有任何一點感情……六年啦！我們一起六年啦！……」初一說著說著又開始想哭了：「那我怎麼辦？我現在這裡一切都是因為他，我還有留在這裡的理由嗎……我好想消失啊……」

「妳有挽留一個人的經歷嗎？我有過。要走的人不用挽留，即使挽留，他也會走，只是時間問題罷了。另一方面，我從來不反對挽留，但我堅決反對用傷害自己的方式去挽留一個不值得的人，情何以堪？要走的人，妳想留也留不住，就算挽留住了，遲早還是會離開你。」莎莎苦笑。

「所謂挽留，是在能看得到希望，對方做的事情，並沒有那麼大過錯。這樣的挽留，才是值得的。總括來說，不愛你的男人，就別去找他了，他已經不愛你了，妳挽留的不是愛妳的人，這樣的感情，肯定不會長久的。」

「那應該要用怎麼樣的態度對待要走的人？」

「如果要走的人攔不住，倒不如瀟灑一點吧？放手吧，就當放過自己放生對方，讓對方覺得自己在他心目中，成為一個值得想念的人。」

一個人，一顆心，進入了心扉的人，哪能隨便地放下？動了心的情，哪能輕易地忘記？說放下只是騙得了別人，但自己的心在淌血。說忘記，說得輕鬆，但思念到心痛。

一個人真心地愛上另一個人，即便有緣無分，豈能說忘記就忘記；即便愛而得不到，但心不是已經得到了嗎？如果註定相愛，還是要分開，那就一切都交給命運。

人與人之間太過親近的話就會變得隨意，慢慢地最後就不會顧慮對方，忽略了對方的感受。越是了解，期待就越大；越是了解，傷痕就越多，只會產生嫌隙。

最終，糾纏的那一方和被糾纏的，就成了甲方和乙方，這就是人際關係。

「Let it go！You deserve better!」莎莎繼續說：「我聽過有一句話，『眼淚大概是觸碰心靈的證據。』妳會因為傷心狂哭，亦會因為狂喜而流淚。今天的妳看不到曙光，也只是剎那性的，是短暫的。人生只要活著就一定有好事發生，既然他不是妳的 Mr.Right，妳又何必苦苦糾纏，不如花精神去裝備好自己，迎接真正屬於妳的真命天子呢？」

「只要妳好好記得今天所流過的眼淚，一切也不是徒然的。」

「謝謝妳……」

「不用客氣啦，說了這麼久，還沒知道妳的名字。」

「凌初一，大家都叫我初一。」

「我叫白莎莎，叫我莎莎就可以了，很開心認識妳，初一。最後我想問……妳要報復嗎？」

「報復？」

「對，讓妳那個親愛的，應有此報。」

《無法忍受共你冷戰的現在式，卻又無能為力去改變這一切。》

時間回到新太跟初一聊天的咖啡廳。

「報復？那時候莎莎已經加入了 ROL，她把這個組織的概念詳細都告訴我，並邀請我一同加入，組織幫我解了心頭之恨，我真的很感謝他們……」

「怎樣解？」新太問。

「你知道為了製作成標本，要如何溫柔地殺死一隻動物？」

「不知道。」

「把牠冷凍起來，這樣屍骸就能被完美保留。」

「什麼？什麼屍骸？妳們做了什麼？」新太驚訝地問。

「別想成要殺人放火的事，沒有你想像得那麼極端的暴力行為。只是比喻作為把一段已經完結的感情原封不動的收藏在心底裡，再也沒有誰欠誰。只是讓拋棄人的那方承受被拋棄的一方相同或更重的教訓罷了。」初一淡然。

「莎莎找到了另一位香港男性隊員，他就是何守禮。聽說他被女朋友背叛了，受了很大的刺激，那時候莎莎把他收為己用。」

「妳們實質是做了什麼？」

「莎莎為了幫我報復，計劃了讓何守禮和那個驕傲的小三相遇，然後守禮去勾引這個女的，再誘惑她，讓她愛守禮愛得死心塌地。不出所料，小三為了新歡就輕易拋棄了古韋柏，要讓古韋柏同樣明白被人搶走愛人的滋味，被人背叛所帶來的痛苦！」初一越說越有點激動。

「然後呢？守禮如何處置那個小三？」新太問。

「沒有什麼處理不處理，根本一開始就不是用真感情，自然地離開也很正常。況且我要報復的人不是那個女人，志不在她。」

「但是她不是對過你惡言相向嗎？」

初一擰擰頭：「那個女人的確有對過我不禮貌，但我真正的傷痛都是來自於古韋柏，所以 ROL 不是要讓所有人不幸，只是針對性的指定於曾經自己最親匿的『親愛的』。」

「如果只是一場把自己的仇恨隨便發洩在所有人身上，ROL 的核心價值就被扭曲了。」

「……我還是有點消化不了，妳雖說得好像那麼有道理，但卻有點難以接受……不會太……不會太過分嗎？好像只有壞人才會做的事……」新太唯唯諾諾。

「怎麼區分善良跟不善良？這是誰訂的標準？我找到了我生活的方式，我認為我做的事情比去談一場沒有保障的戀愛來得更有意義。如果就這樣把我說成了一個壞人，我也無話可說。」

「但我希望不要擅自分析我的個性、行為舉止，或想翻出我的過去搞得我像是個需要人同情的白癡。」

對於受過慘痛失戀經歷的初一來說，哪有人沒有受傷過，她最討厭被同情了，寧願實實在在當個壞人。

「抱歉，我不是這個意思，讓妳感到不快真的不好意思。」

初一知道自己有點太過，連忙收起自己的敵意。其實她一向都是溫柔軟弱的，但一提及過去的傷疤會變得如此強勢。

說到這裡，一個架著墨鏡的女生走近莎莎身邊，很年輕，她身形非常細小，大概一米五身高都沒有，但臉上的妝很濃，眼睛雖少但是腰果眼，很吸引。

女生問：「是不是白小姐？」

莎莎抬起頭看著她，微笑地點點頭：「請坐吧。」

女生坐在莎莎的對面，脫下墨鏡，禮貌地說：「妳好，我就是丁小姐，在討論區的叮叮。」

「我叫妳叮叮可以嗎？」

叮叮點點頭。

「對不起，其實我一早已經來了，但因為我不知道 ROL 是怎麼樣的組織，所以一直躲在妳附近先看看妳，看到只有妳一個女生，應該沒什麼危險……不好意思，讓妳等這麼久。」

「不要緊，這也是可以了解的。妳要喝一點飲料嗎？」

「不用客氣了，我希望可以直接的說，這次我主動找上你們，是希望你們可以為我報復，報復對象就是我的前男友！」

莎莎沒有說話，示意讓她繼續說下去。

「他叫彭一泓，我跟他一起一年半，我們都是讀大專時候認識的。他坐在我後面，那時他常常主動逗我聊天。他人很風趣幽默，跟他在一起時很開心，很自然地我倆越走越近，他跟我表白後我們就順理成章地在一起。」

「雖然他不是我的初戀，他也不是第一次拍拖，但我們一起的時候真的很高興，感覺就是我第一次這麼愛一個人。他也是第一個能給我很重戀愛感覺的男人。我們剛開始發展時還好好的……」

《當我學會了不再對你哭鬧任性時，就證明我也學會把你看得不重了。》

將軍澳中心板長壽司店。

「你已經點了很多，還再點了五碟三文魚壽司了！能吃這麼多嗎？」叮叮問。

「放心好啦，我也有點妳喜歡的甜蝦壽司。」一泓邊繼續點邊說。

「不是說你有沒有幫我點，但你不是說剛剛對上那一份兼職已經沒有做了嗎？這個月的薪水都撐不到月末啦，你再這樣點都不夠錢結帳啦。」叮叮有點著急。

「妳就別要這麼囉嗦啦，不夠錢我會自己問家人拿，妳就乖乖閉上嘴吃就好。」

一對剛二十出頭的情侶，還沒有什麼社會經驗，錢有多少花多少，只要今天過得開心明天會發生什麼都不會理會，這就是青春吧？

但女生總會比男生想得多，擔心得多考慮得更多，但男人永遠都會負擔不起女人的早熟。

「之前那一份兼職不是做得好好的嗎？在展覽館裡派傳單，每個小時都能有七十元，而且都是輪班休息的，你不是說同事都是年輕人，又不會太累，很好的嗎？」

「對啊我是這樣說，但我只是說同事很好而已，妳都不知道客人有多麻煩，把你當做這裡的正式員工，什麼都要知道，什麼都要幹。」一泓厭煩地說。

「但那也不足以令你辭職的啊？」

「哇，妳根本什麼都不知道，不是妳來做妳就說得輕鬆！上次我只是沒有笑著跟客人解釋而已，那個麻煩客人就去跟老闆打小報告，說我沒禮貌、態度惡劣，老闆還把我罵得狗血淋頭啦！」

「解釋什麼？」

「就是一個老頭牽著一個孫女說要找洗手間，那時候是禮拜天人特別多，每個人都一直問我這問我那，我忙到死了！就連找個洗手間都要問，不會自己看路牌指示嗎？」

「你就直接跟他這樣說？」叮叮目瞪口呆。

「對啊！有什麼問題？我只是好意告訴他不要凡事都依靠別人，自己不會去找答案嗎？麻煩了別人都不會覺得不好意思的，恃老賣老。」

一泓還說得頭頭是道，好像自己是很正確的。叮叮當然知道是一泓的錯，但她能說什麼？她知道如果她說出口，他就會嫌她煩，因為她知道一泓這個人從來不接受別人批評，不會接受任何對他負面的說話。如果她是好意地想告訴她，一定會給他噴到一臉屁，最後更會是吵架收場。

「那你有找到另外的工作了嗎？」

「沒有，先休息一會吧，又不急。」

「不急？現在才是月初而已，還有二十多天我才發糧！水費電費怎麼辦？還要交之前你買的新手機的分期付款啦，上班也要交通費……」

「妳就別開口閉口都說著錢、錢、錢的事啦！不交也不會拉妳坐牢，緊張什麼？船到橋頭自然直的啦。」一泓懶懶閒地說。

「對了，這個月妳發糧了吧？先借三千給我。」

「什麼？又借三千？你要來幹什麼？」

「我又不是不還，等我下一份工作出糧後再還給妳不行嗎？」一泓已經開始有點不耐煩。

「這次要三千用來幹什麼？」

「上次不是跟你說出了最新款式的 PS4 FRO，我要率先做第一個試玩的人。」

為什麼他可以說得那麼理直氣壯？

「你家裡的遊戲機都還沒壞，你都買了好幾部放在家裡沒有動過又要買新的？！」叮叮氣急敗壞。

「都說妳們女人懂什麼！Switch 和 Xbox 跟 PS4 是不同類型的東西，能混為一談嗎？」

話還沒說完一泓就伸手去拿叮叮放在椅子上的手袋，隨手打開她的錢包拿了她的存款卡：「密碼沒有改過，對嗎？」

叮叮實在無語，她不知道可以說什麼，因為她真的害怕，害怕如果阻止這個男人想做的一切，他生氣時的情緒誰也控制不了，但她就是如此的愛他，愛得死心塌地。情願自己受委屈，也不想失去這個人。

她只有以沉默代表了點頭。

他又順便拿了錢包裡唯一的五百塊，拿來付這頓飯的帳。

「這……這五百塊是我媽給我叫我幫她交電話費的……」叮叮有點結巴。

「先用著又怎麼樣？等一下再提款提多五百就行啦！」

在心裡一直淌淚的叮叮，但卻又無法宣泄出來，一直都默默承受著。

結帳後，一泓帶叮叮去櫃員機提款，然後一起回到一泓的家。

一泓跟他的父母和一個比他年長九歲的姐姐住在一起，他家人感覺總是對叮叮很不客氣。

「回來了嗎？」姐姐看到大門打開，然後看到弟弟身後的叮叮，立刻嘴臉變了：「妳也來啦？」

「一泓回來了嗎？剛巧呢，可以開飯了，洗手準備開飯吧。」媽媽從廚房走出來。

一泓的媽媽肯定看到叮叮，沒有特別熱情的招呼她，在她眼中只有他兒子一個存在。

「我們剛剛才吃完飯，不吃了，我們先進房間。」一泓要手擰頭。

「什麼？又在外面吃了？媽媽今天煮了你喜歡的菜啦！在外面吃的都是味精對身體不好，說了很多次，如果不回家吃飯要提早跟我說啦……」媽媽嘮叨著。

「肯定是叮叮嚷著要在外面吃吧？又不想想在外面吃會耗多少錢，又不見她會給家用我們。」姐姐冷言冷語。叮叮都是沉默沒有回話，只能裝作沒聽見，她就不明白為什麼他的家人對她很有敵意，可能覺得她是外人一個，她雖然沒有直接給錢他家人。但她才一個星期去他家一兩天，每次她都會買一大堆生活用品給這個家，但他的家人一句謝謝也沒有說，還一直對她說著諷剌的話。

最讓她感到心如刀絞的是一泓從來沒有為她爭過一口氣，也沒有為她辯論過什麼，覺得她受到這些不禮貌的對待也沒所謂的樣子。

她有跟一泓說過不再上他家裡打擾，但他又好像不在乎的叫她不用太放上心就好，讓她一直忍受著又不敢說「不」。

她對他來說，究竟是女朋友？還是一個方便物而已？

每次跟他聊到大家將來的事，他都很不情不願的樣子，有嘗試過暗示別人同齡的人已經開始找到什麼工作，開始存款為了未來的路，一泓的態度就是崩口人忌崩口碗，一說到這些就會惡人先告狀，只會大聲兇叮叮，讓叮叮的心慢慢凋淡。

其實女人從來都不怕一個男人窮，女人怕的是在男人身上看不到希望和將來，女人怕的是從一個男人身上就可以想像到自己二十年後的人生。

但是，不管女人對一個男人如何失望，女人還是選擇默默忍受著男人，自己消化一次又一次的無理，一次又一次的讓男人刷新自己的底線。希望自己的忍讓可以換來男人的珍惜，但永遠都是事與願遺。

世界上不存在不變心的人，愛情是需要呵護的，只有學會認識和欣賞。

在他們之間，最少叮叮已經感覺不到了有「愛」的存在。

所以，她決定了……

叮叮越說越無力，聲音都有點顫抖了，或者有一些決定她是用了很大的勇氣來堆砌的。要重複地把心裡的裂痕再回憶一次，應該很難受吧？

「決定了跟他分開了吧？」莎莎問。

叮叮不敢直視莎莎雙眼，點點頭回應。

「這是明智的選擇。」莎莎溫柔地報以微笑，她想支持叮叮多一點。

「在情竇初開的時候，都希望跟他擁有一段轟轟烈烈的愛情，但是真正考慮到結論、將來的事完全不是那回事。」

但當兩個相愛的人在一起的時候越久，彼此的缺點越表現得一覽無遺，從前的優點也會慢慢化作缺陷去看待。

「那為什麼要找上我們？分手時分得很難看嗎？」

「最後我發現我們不應該再繼續拖垮對方的將來，所以我提出了分手，他不能接受自己是被拋棄的那一個，對我發了一場很大的脾氣，他還……動手打我……」

「人渣。打女人的男人，廢物都不如！有沒有去報警？」莎莎有點動氣。

「沒有，我不希望跟他弄得很糟糕，但有些事情我不可以就這樣算了……」叮叮有點吞吞吐吐。

「好的，我明白了。」莎莎很識趣幫她結尾：「那妳最後是要選擇哪一個 Plan 呢？」

「Plan？」

「讓我介紹我們 ROL 的服務吧，客人可以從我們這裡選擇復仇的內容，我們有分成四個計劃。Plan A，金錢報復。Plan B，感情報復。Plan C，金錢和感情報復。最後一個就是 Plan EX，永久的傷害。」

「永久的傷害？」

「那當然每個 Plan 都有著不同的收費，由淺至深。報復的對象都是客人曾經的『親愛的』，我們不希望客人是因為一時的衝動而成為報復的理由，所以我們也會先了解客人曾經遭遇過的事件及其原因，是否足以參加 ROL 的計劃。如果因為一時的衝動而令到自己後悔，也是很無謂的事。」莎莎詳細地解釋著：「但……」

「但客人也同樣必須遵守 ROL 的四大規則。」

「什麼規則？」

「一、無論報復途中或結束之後，均不可以向任何人透露我們 ROL 的存在。二、在計劃進行中的時候，不可以中途說放棄委任。三、要絕對配合 ROL 對客人發出的任何指令，以助報復計劃可以順利執行。四、不可以和被報復的『親愛的』再續前緣。」

「如果壞了規則的話，會怎麼樣？」

「嘿嘿，這個我可不能透露，不過絕不會當什麼事都沒發生，客人必須對自己所做過的事負責。」

叮叮猶豫了一下。

「好，我明白了。我想選擇 Plan A。」

「為什麼要選擇 Plan A？」

「我只是希望他可以把先前借我的錢還給我，因為那些都是之前向我家人、朋友所借的。剛追他還錢的時候他本來都說會還，但就是遲遲都沒有還過一分錢，最後再問他的時候，他很厚臉皮地說，錢就是不會歸還，爛命就有一條。」

叮叮神情十分奈何：「我沒有辦法……只能投靠 ROL 了。」

「好，Plan A 是吧？我就代表 ROL 正式接納妳這項生意，等我們的好消息吧。」

「我可以問問，妳們會用什麼方法來幫我？」

「我們自有辦法，不可以多問喔，這是 ROL 的商業秘密。」莎莎笑得很神秘。

看著叮叮不安的表情，莎莎最後都不忍心透露一點給她知道。

「妳有沒有聽說有一個連獄方也拿他沒輒的暴戾死囚的故事？」

叮叮搖頭。

莎莎繼續說：「就在大家都在傷腦筋的時候，有一個老練的神父來找他，每次都留給他一張紙條，寫著『在監獄裡安分點！兄弟們很快就來救你！』於是，死囚冷靜下來了，而神父繼續久不久留紙條給他。直到死囚站上死刑台時，他還是笑著，即便是在他可能會死的那個瞬間，他還是笑著，妳知道為什麼嗎？」

叮叮聽得津津有味，睜大雙眼看著莎莎，很想知道答案的樣子。

「因為神父在最後一次給他的紙條上這樣寫道：『作戰計劃將在死刑台上執行』。」

聽得嘴巴都張大了的叮叮發不出任何聲音，沒有料想到的結果。

「死囚，幸福嗎？抑或是……」莎莎不屑一笑。

「我太笨了，我不太理解……」

「謊言。」莎莎堅定地說：「我們會用謊言讓這個男人上一課。」

《捨棄那些將你的善良視作為理所當然的人，把你的最好，留給最好。》

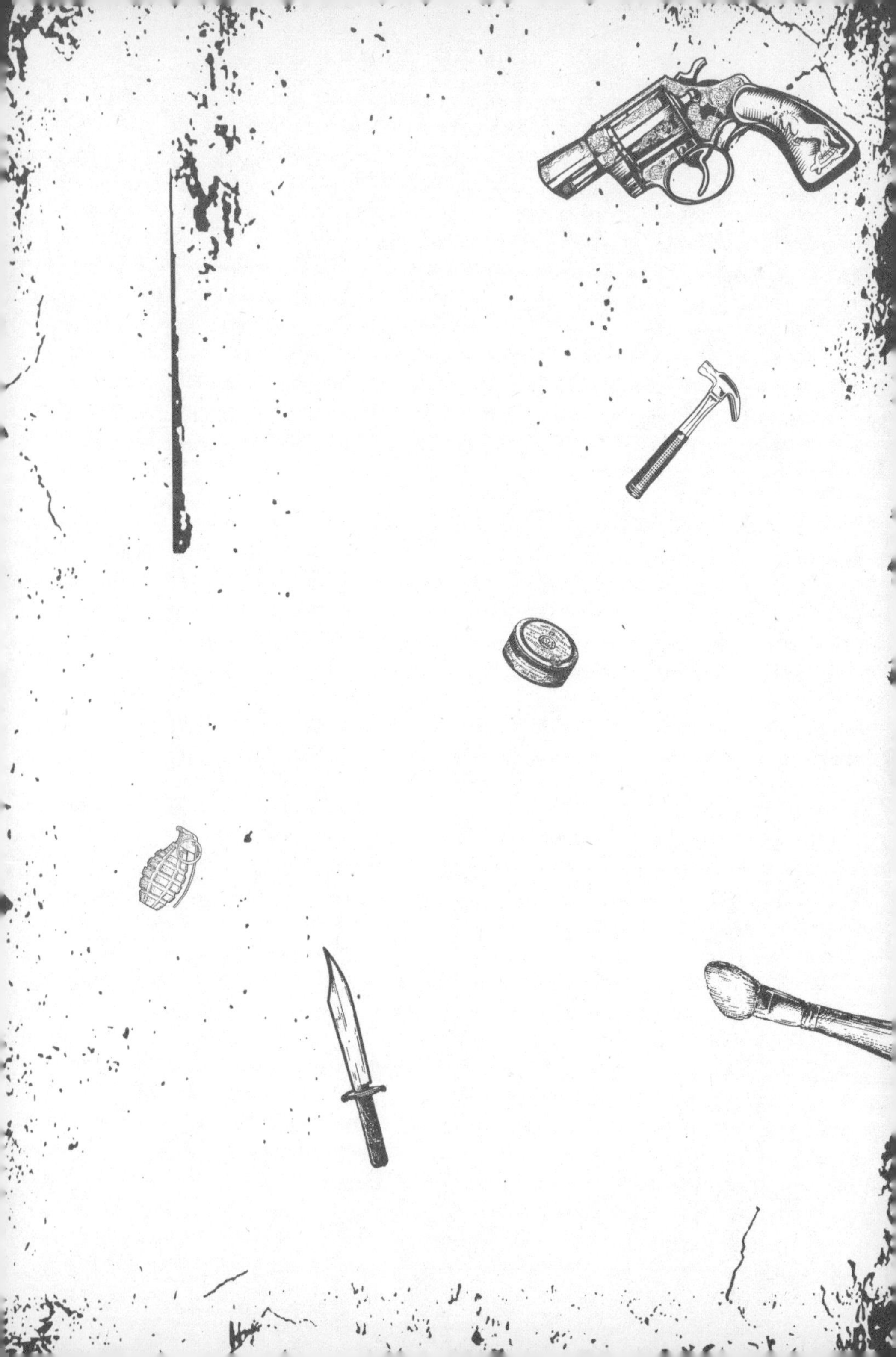

LIE

CHAPTER TWO

★★★ 第二章 ★★★

第二章 LIE

觀塘創紀之城。

今天的天氣是吹著強風下著大雨，對一個大男人來說拿著雨傘出外是一件很麻煩的事，更何況他今天出門上班時還是天晴，怎麼能預料到下班的時候會下大雨。

只能怪他一點也不細心，出門沒有注意天氣預報。但這麼自私的人又怎會覺得是自己的過錯，他只會埋怨天氣跟他對抗，讓他懊惱又狼狽。

踏出這間茶餐廳的對面轉角有一間便利店，先去便利店買一把雨傘吧。這份新兼職的茶餐廳工作才剛聘用他不久，可不想因為生病不上班又被人解僱，那他將會沒有錢買即將新出的遊戲碟了。

他蹣跚地冒著雨跑到便利店，雨水橫著打到他的臉上，雖然只有橫過馬路的瞬間，但強風大雨把他的頭髮及衣服都沾濕了，讓他的心情變得更糟糕。

進到便利店裡面隨手買了一包香煙和一把雨傘，站在便利店門口的簷下抽煙，一個烏黑的長髮帶著一點凌亂的身影突然衝向他，他正煩惱著這場雨還要下多久，一時沒回過神來，給這突如其來的舉動嚇得下意識的退後了一步。

女孩的眼睛很亮麗炯神，目黑非常大，帶一點傻勁，皮膚白裡透紅，有點像讓人一口咬下去的紅蘋果。她衝過來時身上還帶著一點點的香水味，是一種熱情果的甜味，跟她很配襯。

女孩向他點點頭，挽起了沾濕了的裙腳，樣子有點狼狽，站在便利店門外的簷下躲雨。

女孩對自己的唐突非常抱歉，抱著尷尬的笑容開口道：「不好意思，因為我沒有帶傘，想來這裡躲雨……」認真的看清這女孩的樣子真的很清秀，很漂亮，聲音也很嬌小柔弱，完全能捕獲男人的芳心。

「啊……」男人也有跟著尷尬起來：「不要緊，我也是來躲雨的。」

女孩再輕輕地笑得嫣然，她那狼狽的樣子顯得分外無辜。

「店裡的雨傘好像被賣光了，我這一把是最後一把，要不然我把這雨傘給妳吧。」

「這怎麼可以？我拿了，那你怎麼辦？」

「我一個男生沒所謂啦，反正我住得很近，等一下我乘的士就可以，雨傘妳拿去吧。」男生很大方地把雨傘遞給女孩。

「還是……不太好的樣子……」女孩有點猶豫。

「要我看著一個女生淋雨我又什麼都幫不上的話，太他媽的不像男人了！要不然妳用完之後找一天請我吃飯，再把雨傘還給我就好。」男生挺會耍帥的。

「那……那好啦，謝謝你。」

她看著他，露出了一抹意味深長的笑意，如果沒看錯的話，那應該是女人誘惑男人時會露出的那種微笑。

女孩接過雨傘：「可以給我你的 WhatsApp 嗎？我遲一點一定會還你的！」

「好，一言為定。」

男生跟女孩拿出手機來交換電話號碼。其實現在問拿 WhatsApp 等同於問拿電話號碼，俗稱「抄牌」，男生就可以利用機會間接拿到女孩的聯絡方法，還有這一次是女生先主動向他「抄牌」，他心中暗爽得很。

「妳叫什麼名字？」男生示意需要在手機輸入名字。

「初一，年初一的初一。」

「你呢？」

「叫我阿彭或是一泓也可以。」

「好的，一泓，謝謝你的雨傘。」初一感謝道。

「等妳聯絡我，拜拜。」說完之後一泓往前衝向的士站離去。

一泓跟初一相遇了，究竟這一個相遇是巧合還是故意地被安排的？

一泓一回到家還沒有洗澡，立刻主動發訊息給初一。

一泓：到家了嗎？

初一：還有幾個站就到，幸好有你的雨傘，去到巴士站的途中沒有給雨折騰。

一泓：那就好。

初一：你還行嗎？沒有感冒吧？

一泓：放心，妳看我這麼魁梧的身材就知道我很強壯，沒有那麼容易病倒。

初一：哈哈，是這樣嗎？

一泓：對喔，我跟妳的名字都同樣有一個「一」字，雙一。

初一：咦咦咦？真的呢！好巧喔！

一泓：妳幾歲啦？

初一：哪有男生這麼直接問女生年齡啦？

一泓：告訴我嘛，就當是借雨傘的利息吧！（笑）

初一：夠，你先告訴我。

一泓：二十一。

初一：比你大一點點而已。

一泓：原來是姐姐！姐姐也挺糊塗啦，雨傘都沒帶就出門。

初一：你也是下雨天要在便利店買雨傘的弟弟啦。

一泓：哈哈，不鬧妳啦，妳在觀塘上班的嗎？

初一：嗯……剛巧今天有客人要在觀塘見面而已。

一泓：妳是銷售員嗎？要跑來跑去跟客人見面的喔？

初一：嗯……差不多吧。

一泓：什麼差不多？是就是，不是就不是啊？

初一：我快到家了，你明天有空嗎？要不然明天你有空的話我想把傘還給你。

一泓：明天我中午下班，那麼我約妳下午三點左右可以嗎？

初一：好啊。

一泓：三點在便利店門口等，不見不散。

當一個人對另一個人感興趣，會用盡一切方法去了解他，希望能夠進入他的世界。一泓對於這個第一次見面的女孩抱有很大的興趣，首先她的外表非常吸引他，而且她又神神秘秘的，問她什麼她都不直接回答，刺激起他的好奇心，好想了解她多一點。

對於跟剛分手的他來說，他一點難堪傷心都沒有，好像已經對上一段感情完完全全放下，自己還活得心安理得，遇上新認識的女孩還懂得去裝帥施恩。

《因為太過愛你，所以你才會肆無忌憚地一次又一次狠心傷我。》

第二天初一把雨傘還給一泓後，主動提出要請他吃飯作為感謝，一泓當然樂意致極，亦沒打算這麼輕易「放過」她。

在這個過程中，他們就像一般年輕男女的約會，因為都是年紀相若的年輕人，話題相近，很容易便情投意合了。他們這天聊了很多，亦聊得很開心愉快。

他們發展得很快，一泓採取猛烈的追求，初一也很欣然地接受，不到一個月他們就正式開始交往了。

每一段感情開始的時候總是熱情的，為了步入這熱戀期，大多男男女女都因而喪失理性的判斷力。男人通常一旦開始了一段感情，便會過分投入，被愛蒙蔽了雙眼。一泓沒有追問初一的過去，也不管初一是否真正的單身，他深信自己跟初一的良好感覺，以為一段美好的愛情又再誕生於他身上。

直到有一天，一泓輪班休息的時候，他往茶餐廳的後巷去抽煙休息，正當他點上火後，抬頭一看，看到初一跟一個已經可以做她爸爸的老頭在對面挽著手臂走過。

他不敢相信自己雙眼，想追上去的時候他們已經轉彎處消失了。他連忙從褲袋執起了手機，打電話給初一，但她並沒有接電話，讓衝動的一泓既生氣又焦急。

一泓打了又打，打了三十多通電話，發了四十多個短訊，初一都還是沒有接電話，沒有回覆短訊。

這種憤怒、焦急、擔憂的心情，這一刻，他終於知道他自己有多沉迷於這個女人。

她讓他緊張，她讓他抓拿不定，她讓他費神焦急。她不像叮叮一般那麼馴服，那麼沒挑戰性。雄性最喜歡狩獵和征服，這個女人實實在在的激起了他雄性的慾望。

直到一泓下班也沒等到初一的消息，他由憤怒的情緒也漸漸變為擔心、緊張。失落地回到家後，他連晚飯也沒吃上幾口，洗完澡後只躺在床上一直看著手機。

初一的 WhatsApp 沒有顯示最後上線時間，他本來想過要去初一的住宅去等她，但他發現自己連初一住在哪裡也不知道，對於初一的事情他居然一無所知，只顧著跟她在一起時的感覺。現在她失蹤了，除了打電話之外。他再也沒有任何辦法找到她，只能處於被動狀態，使他很頹廢。

大概夜晚十一時，一泓終於等到初一的短訊。

初一：嗨，一泓，睡了嗎？

一泓：我找了妳一整天啦！妳在哪？

初一：今天我工作很忙，都沒有時間接電話看訊息，你找我這麼急幹什麼？

一泓：妳在哪？！

初一：我在回家途中啦……

一泓：妳先別回家，我來找妳。

初一：找我幹嗎？不能在電話說嗎？

一泓：我想見妳，很想見妳，告訴我妳在哪我立刻過來。

初一：……那好啦，我在觀塘地鐵站等你。

一泓：好，我二十分鐘後到，等我。

從床上跳下來，乘的士連忙趕去觀塘地鐵站，從遠處看到初一和中午時一樣穿著的白色連身裙，一泓飛快地奔去她面前。

「一泓？」

他沒有作出任何回應，打開雙手緊緊地抱著初一，他怕失去這個女人，連本身的怒氣都消失得無影無蹤，以為自己看到她就會瞬間破口大罵，但當他一眼見到她時，就只想緊緊地抱著她，不讓她在他眼前再消失。

「陪我去吃夜宵吧，我今天一整天都沒有吃過什麼。」

他們去了一間二十四小時營業的點心店坐著，叫了四、五籠點心，這個時候一泓才有胃口進食。

「慢著吃，少心嗆到啦！」初一吩咐著：「你不是說有事情要跟我說嗎？」

一泓連忙把嘴裡的東西吞下肚，終於開口問：「妳今天去了哪裡？為什麼一整天都找不到妳？」

「不是說過我在忙啦……」

「一直在辦公室嗎？」

「……嗯。」

「喔……是嗎……」一泓沒有立即拆穿她，他在疑惑究竟她在隱瞞什麼：「今日我在觀塘見到妳，見到妳跟一個阿叔在一起。」

初一突然臉色一慌，她沒有想到他會問得這麼突然。

先是沉默，反問：「我有一個問題想問你。」

「什麼問題？」

「你覺得在破碎的家庭長大的孩子，長大後會無法建構正常的家庭嗎？」

「才沒有那回事！就算在健全的家庭長大的人，也不一定代表他才有能力建構美滿的家。」

「嗯，對吧？我也是這麼想的。我最近一直在想，在單親家庭長大的人將來會否受上一代影響而步入後塵？」

「為什麼突然這樣說？」

「我明明很想得到平凡的幸福，但我卻不想跟爸爸一樣做個不負責任的人……」

「這跟我剛剛問妳的問題有什麼關係？」

「在跟你解釋之前，我想跟你說一下我的故事。」

「好，妳說。」

「我的父親在我八歲的時候就跟我母親離婚，丟下媽媽、我和比我小六歲的妹妹，媽媽很嗜賭，欠了很多錢，妹妹還要上學，家裡的開支全是我負擔，我實在沒辦法……」

「沒辦法？妳去賣身嗎？！」

「才沒有你說得那麼難聽，是的，我承認我是做 PTGF。」

「什麼 PTGF ？是跟男人上床嗎？」

「就是字面上這樣說，就只是充當別人一天的女朋友，除了上床以外。怎麼樣？聽到我說到這裡，是不是覺得我很骯髒？嫌棄我吧？我就知道……」初一開始眼睛眨起了淚光。

「我就知道你會嫌棄我……所以我一直……一直都不敢跟你坦白真相……就怕你不要我……」初一哭得越來越控制不了。

一泓聽到她沒有賣身上床，但只是跟陌生男人的親暱行為，其實他也不能接受更多。

這是他第一次從她身上聽到關於她的事，但卻得出了這麼令人難以接受的事實。

他的女朋友是別的男人的兼職女友！

哪有男人忍受得了？

但比起嫌棄她，一泓更怕失去她，因為剛開始的戀情，才是讓男人最意亂情迷的熱戀期。怎捨得放手呢？

這個現在他最愛的女人在他眼前哭得這麼厲害，實在太不忍心。

一泓放下他雙筷，伸手抹去初一臉上的眼淚：「妳可以從這一刻開始不再做嗎？只要妳答應我不再幹，我可以當什麼事都沒發生。」

「但……媽媽欠下了很多賭債，如果不還錢，那些高利貸一定不會放過我們的！」

「欠了多少錢？」

「二、二十萬，我們已經還了十萬多，但利息都非常高昂，每個月我們都只能還到利息的部分……」

對於一個只有二十一歲的男生來說，他才剛出來社會工作沒幾年，更何況他一直只是打散工，兼職，這個數字對他來說當然不小。

雖然一泓沒有存款，但他就是要面子，就是愛逞強，怎麼可以在他的女人面前出醜呢？

「妳的債由我來負責。」

「你負責？怎樣負責？」初一訝異地看著一泓。

「不用擔心，我自然有辦法。只要妳答應我，以後不可以再做，妳是我的女人，知道嗎？」一泓氣勢如虹。

初一看見這個男人突然變得可靠的樣子，盡他能力地在保護她，幫助她，小鳥依人地依偎在他胸口，抱著他。

「知道了，謝謝。」

一泓送她回家，知道她住在大圍，因為初一的家人已經睡著了，怕打擾到她家人，所以只送她到車站後，吻別後便離開。

回家途中，一泓滿腦子地想辦法怎樣去籌錢。如果他現在把打工的機會增多，也不能短時間賺得到十萬，只好向家人「埋手」。

《從第一次遇見你的時候，沒有想到今天的我會愛你愛得無法自拔。》

過了一個星期。

一泓相約初一在沙田必勝客見面。

「這裡是十五萬，足夠妳可以把債務還清。」一泓把一封公文袋遞給初一。

「你怎麼會有這麼多錢？」初一睜大眼睛看著他。

「有十萬是跟家人借的，就跟他們說我想和朋友合資做一點小生意。」

「那其餘的五萬呢？」

「是我跟財務公司借的。」

「怎麼可以跟財務公司借？很危險的！」

「那些是正當的財務公司，他們不是那些非法的高利貸，利息沒有那麼高，我還可以應付得來。」

「這……怎麼可以？我不能夠拿這些錢的……」

「別婆媽了，總之妳拿這些錢去還掉，然後找一天帶我見見妳的家人。」

「為什麼？」

「我想說的是，我可能從來都不是一個好男人，但遇上妳以後，我想學習做一個好男人，我想照顧妳，想給妳幸福，為妳而努力……初一，等我們長大後，再過多三年，和我結婚吧。」

「結婚？你說真的嗎？我們才認識不夠幾個月呢！」初一輕抿下唇，有些難堪。

「我並不是因為需要一個結婚對象才去找妳，是因為對象是妳我才想結婚，不管時間或認識的問題，只要我能給妳的我都想給妳。」

在愛情面前我們都是很無能為力又不能控制，那種衝擊，要經歷過的人才會知道。

初一雙眼通紅，那些眼淚是真還是假，只有她自己最清楚。

她點點頭，拭著眼淚回答：「我願意。」

一泓興奮得跳起來，他就是為了她這一句，他覺得他做的一切都值得的。

第二天，一泓手持著兩張最新電影的戲票，打算下班後和初一去拍拖，走到地鐵站打算到大圍去接初一，興高采烈地撥電話給她。

「您所打的電話暫時未有用戶登記，請查清楚再打過來……」

？？？

一泓以為自己打錯電話，再打多一次看看。

「您所打的電話暫時未有用戶登記……」

他有點遲疑，放下手機認真地看著屏幕，顯示撥出的號碼是初一的名字。

他沒有打錯。

為什麼？她發生什麼事了？她是忘記交電話費？還是出了什麼意外？

去到大圍火車站，別要說他想去她家找她，他才發現自己連她住在哪個屋苑也不知道，他很無助，昨晚把錢給她的時候她還是好好的，為什麼今天卻消失無影無蹤呢？

錢沒了，人不見了，他知道，他給騙了。他被感情蒙蔽，給她的謊言徹底地騙了。

跟她的相遇，她的背景，她的工作，她所謂的欠債都是謊言，一切都是為了讓他跌入她的圈套！

他不明白，為什麼是他？為什麼偏偏是他？

很多為什麼，永遠都不會有答案。但就這件事來說，他反覆地問自己，為什麼如此糟糕的事情會發生在自己身上？

可能這就是另一種報應，想想從前的自己有多渣？

總有一天要還的……

《就在跟你揮手說再見的瞬間，相見的喜悅瞬間化作了傷悲。》

荃灣荃新天地茶木。

「這是幫妳拿回來的錢，欠 ROL 的餘數麻煩妳今日之內還清。」

莎莎把錢原封不動遞給叮叮。

叮叮看著桌上裝著錢的公文袋，良久不說話。過了一會，她開始抽泣：「其實我志不在這些錢，我付出過的沒有想過要收回，我只是想他知道我有著怎麼樣的痛苦。」

「雖然分開了，有時候還會掛念他，隨著時間流逝，我相信會不了了之。但我內心很清楚，他是我最愛的另一半，忘不掉，也不會忘掉，只能用回憶包裝來擁有他吧。」

莎莎微笑地看著她，沒有認同或否定，溫柔地笑著抓著她雙手，讓她痛痛快快地哭一場，今天過後，明天又再是美好的新一天。

叮叮走後，剩下莎莎繼續坐在茶木裡面，她輕輕啜一口芒果綠茶，看著窗邊灑進來的陽光，打在她臉上，但她的表情顯露得滿懷心事。

「這就是妳做成一單生意應有的表情嗎？不是應該更開心一點？」

新太從後走過來。

莎莎回頭看著他，她的側臉很和諧，散發出一種說不出來的遺忘感。

新太坐到莎莎的對面，看著她滿是心事的神情，問：「妳在想什麼？」

「我在想，有些人的相遇，第一眼便知道這是愛情的開端，有些人就好像我跟你，感情再好，也只是朋友、知己。那些認為自己遇到了對的人，開始一段扣人心弦的愛情後，最後得到了什麼？」

「兩個人要經歷幾多離離合合，才能找到一輩子的幸福？」莎莎就像自問自答，她知道她說出來不是要獲得什麼答案。

「妳在說什麼鬼話，現在是想要真愛了嗎？」新太嘆氣說。

「只是未遇到我命中註定的那一個。」莎莎不忿氣地說。

「不用焦急什麼，愛情要來的時候，自然會敲妳的門。」

「新太，很奇怪，每當聽完不同的客人說著他們的愛情故事，他們的不甘，他們的憤怒，最後他們卻不捨地放棄，有些連回憶都棄掉。這些各式各樣地情緒全都帶到我身上，我也莫名其妙地感慨起來。」

「明明應該更加不相信愛情，但卻反而覺得愛情就在咫尺，只是不知道是否也在附近。」

「不會是想暗示我吧？拜託，別。」新太笑著說。

「我也有想過我們是否有另一種可能。最後的答案是，你是我永遠的姊妹，我是你永遠的兄弟。所以你就放十萬個心好了。」

他們相視而笑。

「你現在能明白我的工作是在幹什麼了嗎？」莎莎問。

「妳在為愛情中被不公平對待的人爭氣。」

「正確。有些人就是不讓他痛過，他會繼續過得消遙自在，在自己快活人生時，另一個人卻在活著受罪，實在太不甘了。」初一突然出現插嘴道。

「初一，妳沒事吧？」新太關心著。

初一緩緩地坐在莎莎身旁。

「能有什麼事？不會有什麼事啦，他只知道我的電話號碼，現在號碼也終止了，他不可能找得到我。」

「真的安全嗎？總是很擔心妳們……」

「如果擔心我們你更應該要加入我們做護花使者！」莎莎裝苦了一張臉說。

「唉……如果我可以什麼都不知道，早就當什麼事都沒發生，那我現在也不會在這裡。」

「你的意思是……你願意加入我們了嗎？」初一興奮起來。

「我沒有說一定要完全加入ROL，只是妳們還在香港期間，不能白白看著妳們闖禍。」

莎莎吐吐舌頭作鬼臉。

「所以我可以為了妳們做些什麼？」新太問。

「接下來第二項委託我需要你的幫忙。」

「要做些什麼？」

「用你最擅長的能力。」

「最擅長的……？」

「誘惑。」

「接下來的委託人是一名男性，所以報復對象是一名女性，你負責去接近那位女性。」初一解釋。

「守禮會和你一起合作的，放心，我們會在後面支援你。」莎莎補上。

「要二人一起才能對付的人？究竟是怎樣的女人這麼厲害？」

「不需要有愧疚心，她絕對是一個可恨的女人。」

《倒映在你眼底的人，是否有著我的身影？》

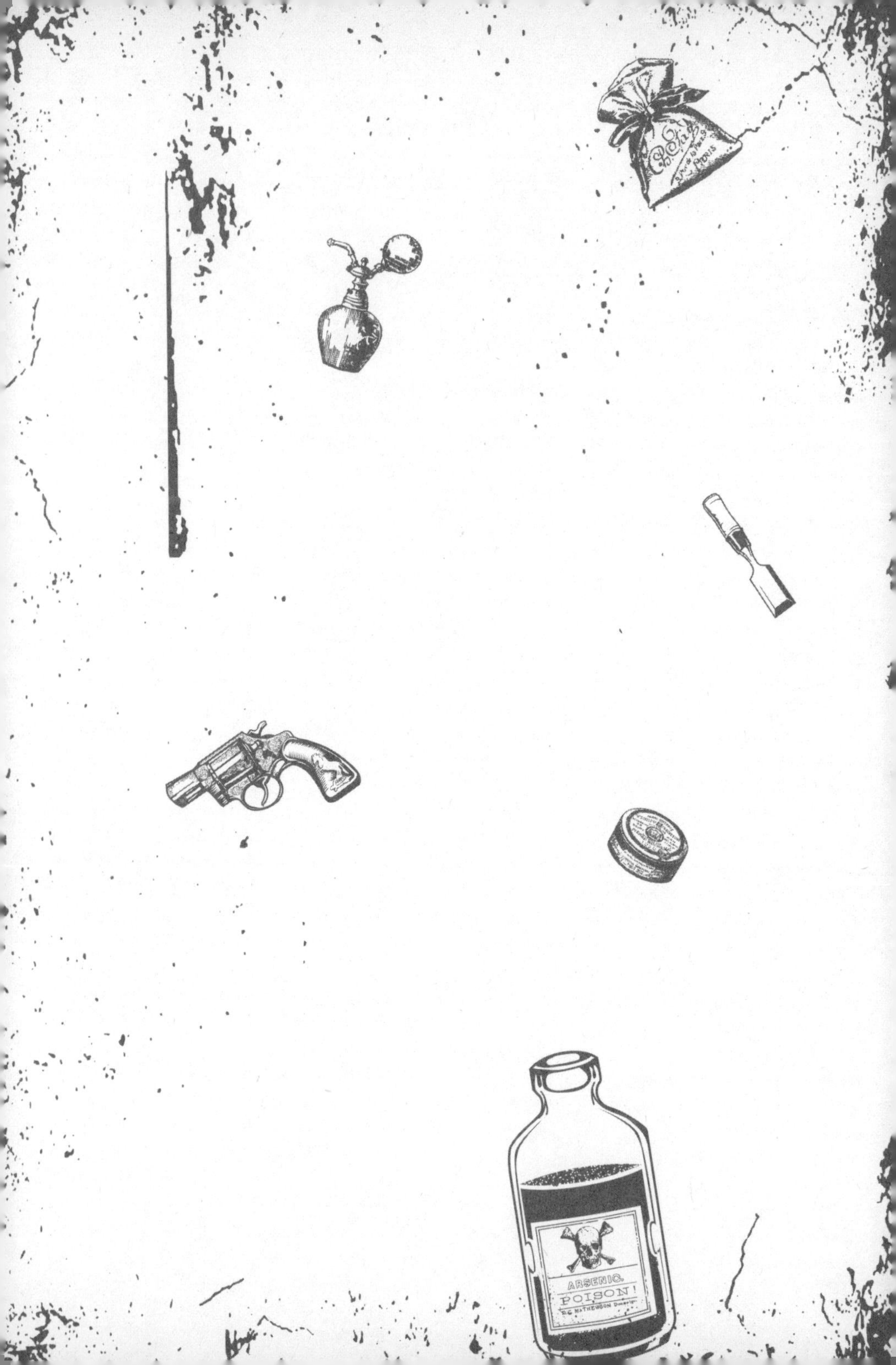
ARSENIC
POISON!

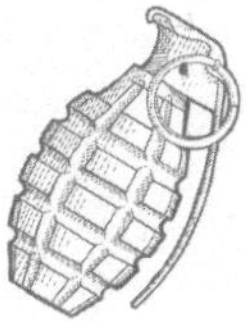

LURE

CHAPTER THREE

★★★ 第三章 ★★★

一個禮拜後，新太帶上了無線耳機，穿了西式的員工服，在中環蘭桂芳 The China Bar 做酒保。

莎莎有相熟的朋友是這酒吧的股東，她裝作為朋友找一份兼職來打工。

新太帶著的那部耳機不是酒吧所需要，而是 ROL 專用的特製對講機，可以收音，亦可以傳達聲音。而且它的外型就像普通的藍牙耳機，不會讓人懷疑。

他按計劃在這等候目標人物，幸好他會一點調酒技能，加上他一米八六氣宇軒昂的外表，短短一星期，已經吸引了很多女性的垂青。

今天星期六的晚上，還沒到十二點鐘，街道上已經擠滿了人，酒吧也坐滿客人。

新太開始忙得喘不過氣來，此時有兩位女性步入店內，其中一個就是他等候多時的目標人物——澄花。

她跟之前看到的照片一樣，有雙風情萬種的大眼睛，一米六瘦弱的身軀但架著一副豐滿的胸部，穿了一件白色貼身的小背心，加上貼身的牛仔褲，踏著三寸高跟鞋，染了一頭咖啡色波浪長髮，就像 IG 裡常常看到那種有幾萬粉絲追蹤的女神。

在這個壓倒性的對比下，她的朋友跟她差不多高，也是一個典型的美女，但和澄花相比卻遜色一點。從她們踏入蘭桂芳開始，就知道她們已經慣常在這裡「狩獵」。

她們很熟絡地跟門口的知客打招呼，然後領她們到平時坐的位置，這座位正正就在吧台在旁邊，新太能清清楚楚地看到她。

新太就像自言自語，細細聲地跟對講機說：「大魚已到。」

「哇塞，就像委託者所說，是一個九十分的大美女呢！超性感的。」對講機內的初一驚嘆著。

「警告你，別偷看她胸部，小心雙目不保。」莎莎在對講機內警告著新太。

「我才沒有妳們想得那麼性急，拜託妳們說話可不可以像一個女人。」新太反擊。

每一次行動其實他們都會透過攝影機或者在現場躲在附近監察著，以防萬一會出什麼意外。

澄花和她朋友一屁股坐下，眼睛已經環繞全場掃射一圈，看看有沒有她們喜好的男人。

「今天的質素欠缺了一點，再晚點會不會增加多點優質男？」澄花的朋友蔚藍說。

「是啊，今天怎麼像一個種菜園？不是蕃茄就是蘿蔔，害我今天還穿了戰衣……」澄花一臉嫌棄地說：「這是 Versace 新出的短裙啊！是男人都抗拒不了的那種貼身短裙啊！能突顯我的線條誘惑。」

「今天月底了，妳還有錢買衣服嗎？」

「誰買衣服要自己付錢？」澄花囂張地反問。

「這次是哪一條水魚給妳敲詐？上次認識的 i-Banker 嗎？」

「別提那個什麼爛鬼 i-Banker 了！根本不是什麼金融才子，只是在銀行做櫃檯員工，裝什麼 i-Banker！一提起他我就一肚子氣了，居然敢騙我！」

「是嗎？妳也不相伯仲啊。妳不是騙他妳是什麼鋼琴教師，裝什麼音樂家，裝斯文。」蔚藍輕輕笑著說。

「我怎樣都真的會彈鋼琴，只是不是真的是教師。但他很過分欸！沒什麼錢卻裝有錢人。我只讓他買了一個錢包給我已經算好了，沒有叫他買手錶、買包包。」

「哈哈，就算他真的是有錢人，妳也不會把他放在身邊這麼久，妳這個外貌協會。」

「嘻，是喔！妳真了解我。」

說完之後她們兩個相覷而笑。

在吧台裡的新太聽得一清二楚，心想這種女人，很有以前自己的影子，但從別人的嘴裡說出來，原來真的很有人渣的感覺。

「是時候了。」對講機內的莎莎提示著。

蔚藍跟澄花兩個有說有笑時，有一個侍應走近，在她們的桌上放了一杯 Bloody Mary（血腥瑪麗）和一杯 Dry Martini（馬丁尼）。

「我沒有點這兩杯雞尾酒喔。」蔚藍問侍應。

「這是一名客人點給妳們兩位的，請慢用。」侍應禮貌地回答後便轉身走。

她們四處張看，又看不到有其他異性跟她們對上眼。找不到請客的人雖感到一頭霧水，但有人請她們喝酒就是證明了她們的魅力，當然讓女性大感驕傲。

澄花提起最接近她的那杯 Dry Martini，止想小啜一口時，新太突然插嘴道：「那杯 Dry Martini 是給妳的朋友，妳的那杯是 Bloody Mary。」

抬頭看到這酒保，他除了擁有男人自豪的身高，乍看之下，他的五官美極了，一雙濃眉及炯炯有神的雙眼，高挺的鼻子，上唇帶珠，笑起來帶點邪氣，連女人看見都覺得性感的男人。

完完全全符合她這外貌協會的口味！

「你怎麼知道哪杯是我的？哪杯是我朋友的？」澄花很樂意地跟新太交談。

新太走出吧台，走到澄花的座位旁坐下，然後靠近澄花作出交頭接耳的姿勢：「因為妳就像血腥瑪麗一樣讓人印象深刻，就跟英國女王瑪麗一世一樣，高貴又美麗。」

這是什麼誇張的讚美，逗得澄花笑得很開心。

蔚藍在旁邊聽不到他們在細聲說什麼，心裡有點不是味兒，開腔揶揄新太：「你不用工作嗎？可以坐下來泡女，不怕老闆把你辭退嗎？」

「已經過了十二點，下班了。但就算看到我在偷懶而被辭退也不要緊，我只是在這消磨時間。」新太淡淡然地回應。

「之前一直來都沒有見過你，你是新來的嗎？」澄花裝含蓄地問。

「我才剛上班幾天，這裡的老闆是我的朋友，最近他缺人才要我來客串一陣子而已。」

「那你的正職是什麼？」蔚藍開始查家宅。

「我自己有店舖，有員工幫我打理的。」

「原來是老闆，難怪有這麼多時間去玩。」

「我很少來這裡，剛巧有朋友從外國回來約我在這裡碰面而已。」

她們一直打量著新太全身，因為他穿的是工作服，評鑑不了他的穿衣品味，但看到新太手腕的 Deepsea Blue，感覺他應該不是一個小嘍囉。

「妳們呢？是在幹什麼工作的？明天不用上班嗎？」

「我們都是 YouTuber，有沒有看過『美眉日誌』？」蔚藍也不甘示弱，盡顯風騷。

「難怪，這麼眼熟，真的是一級棒的妹紙啦。」新太不忘讚美道。

「真的假的？你一個大男生會看女生化妝買衣服的頻道嗎？」澄花質疑。

「說真的，不看，但因為是美女才會注意。」

「口甜舌滑。」她們異口同聲，嘴巴雖這樣說，心裡可是很受落。

說到這裡，新太舉起手來，向酒吧門外的人打照應。

「不好意思，我朋友來了，可以讓他一起坐過來嗎？」新太禮貌地問。

蔚藍和澄花雙雙向後回頭，店門外正站著一個跟新太差不多高的帥氣男子，他穿了一件微薄的風衣，穿運動鞋，頭髮有點亂蓬蓬，額前的頭髮微鬈，顯得有點孩子氣模樣，是有點外國回流的味道。

「說了這麼久，還沒有好好自我介紹，我叫新太，他叫守禮，我的朋友。」

「Hello，兩位美人。」守禮笑得很燦爛，左邊面還可見掛著一個小酒窩。

「嗨，我是澄花，她叫蔚藍，你說話的用語挺特別的，有點文雅。」

「不好意思，我從外國長大，最近才學中文，用字不好，不好意思。」

在這裡裝 ABC 的人實在太多了，她們也不是省油的燈，蔚藍就開始以英語試探他：「是嗎？你是從哪個國家回來的？」

「我是從愛爾蘭長大的，最近才回港跟父母學習做生意。」守禮當然也用英語流利地回答。

一聽守禮的英語的口音就知道真的不是港式英語，她們就放下了一半戒心。

他們四人邊把酒邊聊天，聊得很開心，她們都以為自己今天走運了，這兩個優質的男人對她們有興趣，並沒有想到這一切都是一個局，一個為了讓澄花墮入愛河的陷阱。

「都差不多兩點多了，我們要不要轉場再喝過？」守禮提出見議。

才凌晨兩點多，對她們這些「夜鬼」來說再早不過，當然興高采烈地答應。

他們由酒吧轉到了一間夜店，那裡音樂很大，形形色色的年青男女都在熱舞，每個人情緒都很高昂。

玩到凌晨四點左右，新太說因為碰見朋友先走了。

剩下守禮、蔚藍和澄花，大家都喝了很多酒，蔚藍對於守禮很感興趣，不斷用身體貼近他，發揮女性的武器來色誘他。

澄花把一切看在眼內，有點不爽，沒有一個女性喜歡輸給別人，甚至自己的朋友。

澄花看著他們兩個卿卿我我，沒趣地借機說去洗手間，讓自己一個清靜一下心情。

她從洗手間出來，突然有人摟著她的腰，一臉故弄玄虛地說：「妳想去哪？」

是守禮。

守禮的小酒窩實在令人難以抗拒，明明是不懷好意的笑容，但看起來就是多麼的魅誘、純真。

「沒有去哪裡，就只是去洗手間……」

「我以為妳偷偷走了不會回來啦，害我等了妳很久。」

「什麼跟什麼嘛……蔚藍不是陪著你嗎？」

「我要的是妳，其他女生我不需要。」

這麼直接的挑逗使她不禁暗自生驕，忍不住自滿起來。

「你總是用這樣的手段去泡女生的嗎？」澄花忍不住試探他。

守禮並沒有回答，摟著澄花纖腰的手一把用力把她拉近身邊來，另一隻手棒著她的臉，偷襲了她的唇，他的舌頭伸了進來，瘋狂地吻了一番。當他把舌頭收回去時，守禮在她耳邊悄聲地說：「不喜歡的話……把我推開也行。」

她的鼻息輕輕地搔弄、掠過守禮的鼻尖，酒氣自然而然地滲入的氣息中，加重了甜美的香氣，他的舌漸漸伸往澄花嘴的深處，澄花的身體如同被麻醉般反應變得遲鈍。

她無法推開她，這是為什麼呢？因為他的吻太過強勁和吸引的關係嗎？

「真希望時間就這樣停止……」守禮的聲音再次在澄花耳邊撩弄著。

而澄花只是直愣愣地看著守禮，她很久沒有遇到這麼橫蠻又吸引的異性，以往她那高高在上的態度瞬間消失，大腦一片空白來不及任何反應。

「我明明說『如果妳討厭的話，可以推開我』，結果妳到最後都還是很享受。」

「不是啊……那是因為我太慌張了，才……」

「我都說過因為那個是妳，男人除了看臉還要看感覺，我從第一眼看到妳就很有感覺，妳敢說妳對我沒有感覺嗎？」

「別以為我是小女孩好騙，怎麼知道你對其他女生都是這樣，我才不吃這一套啦……」澄花裝腔作勢。

「我啊，喜歡談戀愛的感覺，為了那個人而心動，滿腦子想著喜歡的人是我最幸福的時候。」守禮毫不退縮：「熱戀期是很重要的，為了持續這種狀態，我覺得我一定要追到妳。」

哪來的大膽告白，就算是謊言也好，聽到的人都會冒上三分心跳與尷尬吧？

澄花實在很久沒有遇上這麼進取的優質男人，他說他會追她，即是她可以期望接下來的事嗎？

回到她們的位置上，看得出守禮突然和蔚藍保持了距離，他們三個人互相交換了電話號碼便結帳離開。

這一晚肯定的是，澄花認識了兩個不錯的男生，一個風度翩翩又帥氣的新太，另一個是強橫又調皮的大男孩守禮。

他們兩個因為都擁有不錯的外表，正正是外貌協會的澄花的心頭好，直到最後看來，只有守禮一個可以繼續發展。

但卻多出一個蔚藍，明顯看得出來蔚藍對守禮是抱有很大興趣。

這一場三角戀最後會得出怎樣的下場？

《當發現許多真實背後的虛情假意，便學會了不再輕易把真心交出去。》

那晚相遇之後，守禮隨即展開了一連串的攻勢，不斷約會澄花，每一次都坦蕩蕩地表示愛意。

澄花很享受被守禮追求，往往都是哄她開心為主，又鮮花又禮物，還有一次又一次的驚喜，這種柔情蜜意的追求，讓她發現自己漸漸喜歡上這個男人。

澄花沒有跟蔚藍特別地聊到守禮的事，其實她們也並不是什麼感情友好的真摯友誼，像她們把愛情當遊戲玩弄的人，又怎麼會明白尊重和珍惜？

每晚守禮都會發訊息給澄花說早安、晚安，澄花也習慣了這個男人對自己獻欣勤。

久而久之，守禮這個人慢慢在她心上越裝越多。

不到兩個月，澄花發現守禮不再像以前那麼主動，有時候只有一句晚安，約會次數慢慢也變小，再也沒有以往的虛寒問暖，就像熱情慢慢消退，令她不禁懷疑了一下。

她打開 WhatsApp，看不到守禮的上線時間，明明之前他都沒有關閉顯示。

好勝心強的她不願意做主動的那方，這樣會顯得她身價下降，但又不甘就這樣讓男人先對自己生厭，卻什麼都做不了，使她很嚥不下這口氣。

她始終想不明白，不是所有男生都為了達到目的前，都不會罷休嗎？

他還沒有把她騙到床上呢！

只是每次約會他都會把她的愛與慾望燃點起，但到最後關頭他總會把愛火熄滅，反卻難為了澄花……

澄花很執著，這種煎熬讓她非常不好過。

這個時候有一個不知名的電話號碼發訊息來。

「嗨，澄花。」

「你誰啊？」

「我是新太，上一次突然走了很抱歉，一直想跟妳聯絡，最近才有空找妳別生氣。」

「啊，新太嗎？不要緊，你是怎樣知道我的號碼？」

「我問守禮的。」

守禮？對啊，他們是朋友，他一定知道守禮的近況。

「妳明天或後天有空嗎？賞面一起吃飯嗎？」新太直接邀約。

「可以，明天晚上有空。」

「我記得妳之前說住在九龍塘，那明天下午七點又一城等，我去接妳。」

「好的，明天見。」

答應這個約會後，澄花把新太的號碼存起來，她心想就算沒有了守禮，大可勾引新太，最少勾引男人是她唯一最大的興趣。

第二天到了約定時間，澄花把自己打扮得很用心，也噴了很濃烈的賀爾蒙香水。

到了又一城停車場，澄花看到新太穿起了悠閒的白色上衣，穿了一條淺藍色的短褲，梳著整齊的 All Back，駕著一架賓士開蓬跑車，很有貴氣的男人，使澄花眼前一亮。

澄花上車之後忍不住偷看了新太多次，發現他的側面真好看，瞞不著當初她是先對新太抱有好感。

新太載她到 ICC 麗思卡爾頓酒店 TOSCA。

這是一間位於一百零二樓的意大利餐廳，圍著落地玻璃窗，可以看著茫茫的海景。中午有陽光時，晨光和煦，加上室內舒適的溫度，撩起人濃濃的睡意。

澄花心想這個男人挺有品味的，就算不是什麼富二代，她就是喜歡跟他在一起的感覺，縱使這只是第二次見面。

「我想問你男性一個問題。」澄花忍不住先發問。

「問吧。」

「我想知道一個男人如果對一個女人抱有興趣，並當初開口直接說要追求一個女生時，為什麼會中途突然沒有了熱心，突然失去了一切熱情？」

「妳是想問守禮的事吧？」新太單刀直入。

澄花沒有直接回答，輕輕吃一口芝士蛋糕掩飾自己的害羞。

「等一下妳便知道。」

新太突然裝神秘，澄花沒有料到接下來會見到什麼。

過了一會，她看見守禮牽著另外一個女生的手走過來，而那個女生竟然是蔚藍，她的朋友！

她沒有對蔚藍說過守禮跟她的事，蔚藍也沒有對她提起過她跟守禮有任何瓜葛。

這是怎麼一回事？

「嗨，很久沒見，澄花。」蔚藍以高姿態向澄花打招呼。

澄花不敢抬起頭看她，她很生氣，現在是什麼境況？蔚藍知道她跟守禮的事嗎？她是明知道她喜歡他，所以才以勝出者的姿態出現她眼前嗎？

她拿起手袋，屁股稍為坐起來想離開，給新太拉著她的手示意她坐下來。

她不明白新太此舉動是什麼意思，但她的確冷靜下來。

守禮跟蔚藍一同坐下後，很自然的聊起天來。澄花完全不敢正視守禮，她心裡藏著無數屈辱及憤怒的情緒，連假裝笑容的力氣都沒有。

「澄花喔，是不是很驚訝？我也覺得很不可思議，我覺得我已經找到我的幸福啦！守禮對我很好，他很會浪漫啦！妳會替我開心，對吧？」蔚藍說話帶刺。

一聽就知道蔚藍是有心把話說得那麼直白，是想宣示自己比澄花更討人喜歡，守禮選擇的是她，她贏了。

澄花咬了咬牙，不和她爭論，悶聲不吭地將桌上的飯塞到嘴裡，含著淚水吃完。她從來沒有受過這種屈辱，不知道此時此刻應該怎辦才好。

守禮好像卻表現得沒有發生什麼事一般，依然跟大家有說有笑，聊天途中他跟蔚藍不忘甜蜜地依偎親暱。

澄花把一切看在眼裡，心裡火冒三丈，一股憤懣之氣油然而生，委屈得差不多要哭出來。

「這好像是我們第二次四人約會，但可惜我和澄花之後有約會，要先走了。」新太突然跟大家告別。

「夠？你們要走了嗎？」蔚藍表現得有點婉惜。

「是的，真遺憾，下次我們再約吧。」新太微笑回答。

新太跟澄花單單眼，示意讓她一起離座。澄花明白了新太的好意，拿起手袋向他們點點頭，就跟著新太屁股離開。

重新回到新太的車上，澄花終於忍不住鬆了口氣，眼淚情不自禁地跑出來。

這些眼淚來自感情，還是自己的不甘呢？

新太在駕駛座不敢作聲，只是默默地開著車，離開這裡。

《你自以為是曖昧關係，他卻只是當作無所謂。》

新太開車把澄花送到她家裡樓下，但澄花沒有下車。

「我不想回去，你就陪我多一會吧。」澄花收起眼淚說。

新太依然保持沉默。

「為什麼要這樣做？」

「什麼？」

「為什麼要帶我去見他們？為什麼什麼都沒有跟我說？」澄花不甘的情緒又開始慢慢浮起來。

「沒有什麼為什麼……只是想讓妳看清楚，好過一直都用猜的。」

「究竟他們是什麼時候開始的？」

「他們已經開始了半個月左右，我也是從其他朋友身上聽到守禮交了女朋友，但那個人不是妳。所以我才敢向他拿妳的聯絡方法。」

「守禮明明說過，他只喜歡我……我們剛開始時感覺明明很好，我也知道他是喜歡我的……但我不明白為何他的態度突然改變？」

「澄花，妳有沒有聽過養魚論？」

「養魚論？」

「妳有沒有養過魚？你覺得養魚的目的是什麼？好玩？有趣？賞心悅目？無論是哪一種原因，都是抱持一種輕鬆的心態來去養。」新太繼續說：「而妳養魚只會養一條嗎？這就是問題所在了。」

「如果妳養了這麼多的魚，裡面一定特別有妳喜歡、特別喜愛的一條魚。例如，這條魚的反應特別可愛，長得特別討人喜歡，牠會追著妳的一言一行跑，想必然妳會特別關注牠吧。」

「那麼妳又要問，會一輩子只喜歡這條魚嗎？為什麼到某一個時候，就對這條魚的熱情褪去？妳今天養了魚，是不是還會逛水族館？還會看其他魚，還會觀賞其他魚，也許會想再買一些新的魚回家。」

新太聳聳肩，繼續輕描淡寫：「那新的魚是不是比之前那條更漂亮？或更討人喜歡？其實答案志不在此，只是新鮮感讓原先那條受寵愛的魚因此被冷落。」

「然後呢？」

「魚的比喻到此為止，人是一種很容易喜新厭舊的動物，尤其是男人。男人天性喜歡捕獵，這三、四個月覺得妳有趣，不代表以後都覺得妳有趣。既然他魚缸養了這麼多魚，對妳沒興趣了立刻就會捕下一條魚，這種男人，妳還要不要？」

其實澄花在夜場打滾了這麼久，這些道理她怎麼會不明白呢？

只是錯誤多次，她卻以為這次會讓她再次心動的，會是「對的人」。

她覺得很委屈，為什麼要從她跟她朋友之間選擇，還要是一起做頻道的時候，都是澄花比蔚藍更受歡迎，這一次她被比下去，讓她非常不爽。

還有，三角關係本已經是一段令人目不忍睹的事情，這一次她還要是輸家的那一方。

「我亦沒有特別想要得到他，既然本來不是屬於我的，我也不會勉強。」澄花想挽回一點面子。

新太溫柔地笑了：「聰明女孩，就知道妳一定會懂的。」

「但卻輪到我有點不開心……」

「為什麼你不開心了？」

「我跟守禮之間，原來妳選擇的是他。我本來以為妳不多不少會對我比較有興趣呢。」新太裝出一副可憐模樣。

這又是另一種調戲嗎？

澄花不知道怎樣回答他，剛剛受過傷的心，突然又受到了另一份愛情誘惑。

突然，新太把安全帶鬆脫，轉身俯前靠近座位駕的澄花，一把性感又磁性的聲音在澄花耳邊周旋。

「那，妳覺得我怎麼樣？」

「別、別開玩笑啦，幹嗎突然這樣說？」

「我沒有開玩笑，我是認真的。就是不想讓妳給人傷害，所以想讓妳看清事實，然後死心，之後可以投入我懷抱。」新太一臉認真地說。

「還是妳覺得守禮比我好，所以不可以給我機會嗎？」

「並沒有這回事！當初是覺得你比較好，只是那天你很早就離開……」澄花脫口而出。

新太很滿足地微笑，他的臉靠得很近，他身上Bvlgari的香水味清楚地傳入她腦海裡。

剛剛內心的缺口現在已經有新的彌補嗎？

澄花閉上眼睛，等待新太下一步的行動。當然，她一點也不抗拒。

他們的臉湊得非常近，彼此已經可以嗅到對方鼻息的距離，只要再向前靠近多一厘米……

新太突然剎停了動作，不知道為什麼他剛剛腦海裡浮現了初一的樣子。

「好險……」新太心想，剛剛那個氣氛，差點要真的親下去。

新太重回自己的座駕上，澄花慢慢睜開眼睛，她為新太煞時停下動作感到茫然。

空氣突然像靜止了一樣，帶著一點尷尬的氣氛。

不知道為什麼跟其他女人親密時，他想起了初一，他自己都不明白，雖然他知道這些都是執行任務時的工作，而且他怎麼去泡一個女生已經很熟能生巧，亦很習以為常。

但這一刻他只知道，如果他真的親下去，心裡總覺得會對初一很感抱歉。

他不知道為什麼，真的不知道，可能這就是「感覺」吧。

有些人就算跟他的感情還沒到很深厚的地步，但他的出現總會告訴你，他的存在是特別的。

「這樣說代表我還有機會去追求妳吧？」新太先打破這沉默的局面。

「沒有什麼機不機會啦，我們就先從朋友開始吧，始終我們對彼此都不太了解。」

「妳等我，我會告訴妳我才是對的人。」

新太讓澄花捉摸不清，完全想像不到他下一步會做什麼。

但剛剛看到他溫柔地安慰自己的模樣，這個溫暖的笑容仍映在腦海裡。

這一天是他們第二次見面，把她的舊情終結，並賜與她另一份愛情的期望。

ROL 在盤算什麼呢？

《我表現得無關痛癢的樣子，誰知道，受了多大的委屈憋在心底。》

North Village 精品店。

「哇，新太哥果然不同凡響，就這樣令到她開始抱有幻想。」守禮興奮地說。

「對啊！我都說別少瞧新太，你應該拜他為師，學習學習！」莎莎說。

「現在新太又不是真的在泡女，他只是執行任務，別這樣嘲諷他啦。」初一幫口。

「話不可以這樣說，他真的很神呢！」守禮繼續補上。

「其實我做事手法不重要，但我有一個更大的問題想問問……」新太無奈地說：「為什麼你們要在我的店舖開會呢？」

「哎呀，就別這麼計較，我們沒有固定的地方商議，正好你這裡挺好的，夠隱蔽！」莎莎面皮十尺厚。

「妳不覺得會阻礙我做生意嗎？」

「你現在這裡都沒有客人，有什麼關係，別計較別計較。」莎莎愜意地拍拍新太後背。

新太嘆了一口長氣，他總是無可奈何的樣子，其實他也早習慣莎莎的任性，跟莎莎鬥鬥氣，有時也是一種樂趣。

「老實說，我有點好奇，為什麼不讓我直接把澄花拿下？這次委託人是選舉了 Plan B，只要我讓她愛上我，然後再把她甩掉就好，不是嗎？」守禮問。

「事情沒有這麼簡單，因為委託人是她的前度，雖說是前度，但他簡直跟一隻「兵」沒有分別。他們雖然有掛名男女朋友的關係，但事實那個女的從來沒有把他當男朋友來看待。總是對他呼之則來，揮之則去。從不乏男性周旋在她身邊，一點也沒有顧及委託人的感受。」莎莎解釋。

「就是把感情當遊戲的人，是嗎？」初一問：「但一個願打，一個願挨，不至於要去復仇感情吧？」

「NO，NO，NO。她不只是單單劈腿這麼簡單，還要是一腳踏很多船，還有最不能接受的，她連男朋友的好朋友也出手呢！」

「實在太過分了……」

「所以最少要讓她有雙重報應，首先要讓她明白到她不一定是永遠的贏家，她選擇別人，同時別人也會選擇。還要讓她知道被親愛的人背叛的滋味！」

「厲害厲害，只是聽著也大快人心。」守禮拍拍手讚嘆。

「那新太之後要做什麼？就是讓她愛上新太後把她拋棄嗎？」初一問。

「不，這一次我想來一點刺激的。」莎莎一臉古惑：「要讓她更加難堪。」

「要怎麼做？」大家異口同聲地問。

「新太，她現在沒有懷疑過你，不用再花太多時間和精神在她身上，一星期後直接把她約到指定地方，我們來一個大結局吧。」

守禮、初一跟新太你眼望我眼，不知道莎莎腦袋裡在想什麼壞主意。

《有些委屈，受過了想通了釋然了；有些傷痛，忍夠了疼久了也就習慣了。》

一星期後，新太相約澄花到尖沙咀一間樓上咖啡室。

這次沒有選擇一些高級場所，因為等一下會有一場鬧劇上演。

新太沒有去接澄花，因工作為由要求她自己先到店裡等。

今天的澄花也刻意打扮得很花姿招展，低胸的小背心加貼身長裙子，長裙左右都開了一條相當大的分叉線，盡顯自己的身材。

進到店裡面，澄花找了一個中間的位置，周圍都是其他座位，她不怕嘈吵，就是最喜歡受人注目。

待了一會兒，新太也到達，他一坐下就跟侍應先要一杯暖水，沒有點任何飲料。

澄花裝內斂，不太出聲，等新太先打開話題。

「妳最近還有沒有跟蔚藍聯絡？」

「沒有了，可能她只顧著拍拖沒有時間找我。」澄花裝作淡然：「守禮也沒有跟你聯絡嗎？」

新太沒有直接回答，煞有介事的樣子，但澄花不以為然。

不消十分鐘，店舖進來了一男一女，女生挽著男生手臂，相當恩愛的樣子。

任何人進到店裡都會繞過中央，澄花萬萬沒有想到眼前的這個男生，就是她的前男友、這次的委託人浩輝，而旁邊的女生就是凌初一。

浩輝跟澄花正面四目相投，他沒有跟她去打招呼，沒有什麼表情的從她身邊劃過。

該死的，怎麼每次跟新太出去都會碰到不想見的人！

但澄花沒有想過這一切都是新太刻意安排，以為這都是天意弄人的緣分。

現在眼前這個舊情人挽著一個姿色不比她遜色，還見到這個女的一直對他媚來媚去，以前那個對她從一如終，千依百順的男朋友，現在正為其他女人的姿色著迷，讓她非常不爽！

「咦？輝哥，你是知道我喜歡這裡才帶我來嗎？你真的好貼心喔！」初一笑得那麼嫣然，那麼的可愛。

「是喔，妳說過妳很喜歡這裡的甜品，由其是軟心布甸，所以我就選了這裡。」浩輝顯得有點尷尬。

「夠，如果我吃太多甜品會變胖，怎麼辦？你討厭胖的女生嗎？」

「不會啦，女生有點肉肉的才好，抱著才舒服。」

「哎喲，你真敢說啦，誰有說過讓你抱。」

他們你一言我一語，貌似肉麻到骨痺的對話，旁人聽到都不禁毛管豎起，就只是愛演的總會演得下去吧。

他們這樣做當然全為了演給澄花看，澄花也成為了一個很合格的觀眾。

澄花本來不想在意的，但她這種高傲又自滿的個性，她怎麼能容許給其他女人一次又一次的蓋過頭呢？

新太已經留意到澄花此時的心思不在他那邊，嘗試試探著澄花：「是妳認識的人嗎？」

「不認識……」嘴裡雖說不認識，但眼睛卻把他們的一舉一動盯得死死的。

新太也把視線投向浩輝和初一，雖然他心知這是演戲，但看見初一跟其他男人靠得如此近，讓他也有點不是味兒，究竟為什麼呢？他是什麼時候對這個女人多了一份緊張？這又是什麼感覺？明明不是愛過一次之後，已經不能、不敢、不會再用真心愛上任何人，但這一種感覺又是什麼情感？

「把行動提升吧。」二人的對講機內莎莎提示著。

接收到莎莎的提示後，初一開始進行大膽的挑逗，她把裝著軟心布甸的湯匙送到浩輝的嘴裡，正想親暱地餵他吃東西，湯匙送到他的嘴旁邊時，她停下了動作，雙眼斜視著一直盯著他們的澄花。

「輝哥，對面的那個女生，你認識的嗎？她一直看著我們啦。」初一問浩輝。

浩輝跟澄花對望，然後搖搖頭：「不認識。」

「原來是不認識的，那她怎麼一直剛剛瞧著我們看？」

「可能是羨慕我們吧。不用理她。」浩輝冷冷地說。

澄花把所有都聽進耳裡，此刻她的心情非常不爽，按捺不住了。

她突然站起來，走近浩輝那桌，她不屑地看一看初一，再跟浩輝開口說：「難道女朋友你都不認識嗎？你真大膽啊！」

「女朋友？輝哥，你不是單身的嗎？」初一代浩輝回答。

「我們已經分手了。」浩輝冷冷地說。

「分手？誰說我們分手了？我們只是吵架冷靜一下。我們不是說好，你會一直在等我，等我有天安定下來，你會回到我身邊嗎？」

浩輝沉默。

「小姐，妳都挺有趣的，這世上有人有義務一輩都要等妳？等妳玩夠後才回來嗎？」初一不忿。

「我跟我男朋友的事不用妳來插嘴，妳這個賤貨。」澄花狠狠地瞪著她。

「她是我的朋友，請妳說話尊重一點！」浩輝冷酷地警告著澄花。

「你現在是為了這個賤貨來罵我嗎？她在勾引我的男朋友欸！」

「什麼賤貨？勾引？說話別這麼難聽。」初一說。

「妳這個賤女人別在跟我裝清高，妳就是賤！矯情的態度讓人很噁心！」

「說到賤妳也不輸給誰，放著男朋友在這裡跟其他男人幽會啊？誰被妳更賤啦？」初一也不輸給她。

突然來了一場男女爭寵的場面引來店內其他客人的注意，因為澄花是一個半紅的網絡紅人，有好幾個客人都認得出她。

但澄花正正氣上心頭，沒有空理會別人的目光，所有人都不敢作聲，此時她投然憤恨的目光，不悅地看著初一，抬起手想打過去的時候，新太站起來抓住她的手腕。

「放開我！我要教訓這對狗男女！」

「噗吵！」

一杯放在桌上的暖水，給人拿起來一把潑過去，潑在澄花身上。

是浩輝。

「你在幹什麼？！」澄花給弄得全身濕透，失去理智地大聲怒吼。

「別在這裡發神經了，從妳一次又一次地給我戴綠帽子，我都一次又一次地給妳機會，怎知道妳不但不改，還對我的朋友出手！妳這個水性陽花的女人眼中從來只有自己，從來都沒有理會別人感受，我是妳男朋友，不是妳的狗啊！我們已經完結了！」浩輝瞥了她一眼。

澄花整個人都愣住了，浩輝從來都是她最聽話的男人，從來都只會把她捧在手掌心疼愛的人，即使她做了多過分的事，他也從來沒有對她大聲過，如今，他居然這樣地對她吼。

她來不及什麼反應，也說不上什麼，中文生字裡最慘情的形容詞都可以套用到現在的她身上。

浩輝站起來轉身離開咖啡室，初一隨即跟了上去，剩下新太和狼狽不堪的澄花留在店裡。

澄花裝蒜擠出可憐的眼神看著新太，似乎是想讓新太可以幫助她。

「新太……我……」

新太拿了一張紙巾給她，確定她沒受什麼傷後抬起頭，冷冽的眼光直射她。

「不是的，我……」澄花想辯解。

「一杯熱水放久了會變涼，一顆心被傷透了便心死。愛和付出是需要別人來回應的。不要以為世界只是圍著妳轉，少在這丟人現眼。」

新太不屑一笑，為難地看著她。

澄花尷尬得嚎啕大哭幾句，憤憤地瞪了新太一眼便轉身落荒而逃。

她自我中心的態度，以為只要自己開口，男人就會回來答應。

所有的復合不過是重蹈覆轍，聚了又散。

自私的人總是為自己打算，不會考慮別人感受，只在乎自己的感受。

有些人在感情上特別的自私，他們認為你跟他在一起就得服從他，來滿足自己。

兩個人在一起是講究平等，她能把他傷得體無完膚，只因他賜予她至高無上的地位，把自己放到塵埃裡。

《不把事情說出來，別以為我傻，只是看在眼裡，埋在心裡，也就看輕了。》

LOVE IS...?

CHAPTER FOUR

★★★ 第四章 ★★★

CHAPTER FOUR

第四章 LOVE IS...?

網紅女神狂收兵，當街被潑變潑婦。

這則短片在 YouTube 界引起軒轅大波，曾經被公認為絕世女神的她的粉絲們都紛紛轉向怒罵及嘲笑的留言。

「哇！妳看妳看，這個角度完美地看到她狼狽的樣子！拍得真清晰。」守禮拿著手機看著 YouTube。

「我也沒想過他會做出如此大膽的動作呢，還以為他比較文靜內向。」初一說。

「沒有聽說過越文靜的人生氣起來越是可怕嗎？」莎莎說。

「幸好這個角度看不到新太的樣子，我的樣子也被打了馬賽克。」初一拍拍胸口，心感安慰地說。

「是我拍得好吧？我一直坐在這個死角位拍她，她都沒有發現呢！」莎莎掩嘴笑：「現在別人都知道她的本性，幻想破滅了吧。被眾人嘲笑的她，會如何應對呢？」

「不能繼續在 YouTube Channel 混了吧？」初一說。

「要怪就怪她太愛四處招蜂引蝶，對吧？新太。」守禮暗嘲道。

「咳嗯。」新太先假裝一聲乾咳，問：「你們怎麼又在我店舖開會呢？」

他們三個同時回頭看一看新太，不約而同地笑了起來，然後裝作若無奇事回頭繼續看影片。

「原來你們不只是給她難堪的一天，還要讓她公布在網絡上。」初一說。

「就是想讓世人知道她的惡行啊，要不然算什麼報復喔？」莎莎說得字字鏗鏘：「等一下我還約了浩輝做事後討論，先走了，等一下再跟你們報告。」

莎莎揮揮手離開 North Village，守禮追上去：「莎莎，等等我，我也一起去。」

店裡瞬間剩下新太和初一，為免尷尬，新太先開口：「真拿他們沒有辦法，把這裡當做基地了嗎？」

「哈哈，那我也先走了，不打擾你做生意。」

「妳等一下有沒有事情要幹？要不然我們去吃個飯，好好放鬆一下吧？反正今天沒有什麼客人，早一點關門也好。」

「好啊！」初一興奮地答應。

初一這個小女孩，除了在執行任務以外，新太把她看在眼裡都是一個直率可愛的女孩，二人相視而笑。

另一邊廂，莎莎和守禮相約了浩輝在星巴克見面。

守禮把影片給浩輝看，浩輝沒有什麼表情，只是滿懷心事地盯著屏幕。

「心痛嗎？」莎莎試問。

「我不知道我做得對不對……如果妳問我，愛不愛她，說完全不愛了又不是……」浩輝終於說出心裡話。

「你的意思是說，你覺得如果你沒有進行這個 Plan B，你們會再度復合嗎？」

浩輝自己也不知道答案，苦惱地思考這個問題。

「誰可以保證你們復合後你們就會變好？你可以當什麼事都沒有發生，然後她繼續她的態度，你有你的忍耐，這就是你最想得到的愛情嗎？」莎莎繼續問。

「剛開始，我也是一心一意地愛著澄花。我不會隱瞞她任何事、也從來不會用曖昧不明的態度對待她，但結果是這樣……」浩輝強忍淚水。

「她一邊說著我是她最重要的人，一邊跟其他男人打情罵俏，每天都享受她的狩獵樂……」

「抱過你的雙手，也抱著其他男人。像她那樣腳踏兩船的人，有了男朋友又要收兵。而一心一意愛著她的你，卻被掉得煙銷魂散。」莎莎幫他繼續說下去。

「不管你多努力傳達那份心意，只要對方不接受，就沒有意義了不是嗎？戀愛不是你努力過了，就一定可以得到回應的。的確，即使心裡清楚卻依然由不得自己，戀愛就是難在這裡。」

終於浩輝流下了他的男兒淚，這種給深愛的人背叛的感受，不是每個人都有耐力承接得起。

放棄也需要很大的勇氣，與其執著自己的想法，執著自己的付出，心裡很清楚那個人不是陪你終老的人的話，倒不如放過別人，就當放過自己吧。

浩輝離開後，剩下守禮和莎莎，守禮忽然問：「莎莎，其實妳有沒有想過我們做的一切是不是真的是『對』的？」

「我不明白你想問什麼？」莎莎有點意外。

「就是看到這麼多委託者，你覺得他們會不會後悔？會不會在內心已經原諒了對方？」

「其實被傷害的人，不是已經原諒了那些『親愛的』，只是算吧了。『親愛的』帶給他們的傷害，那種痛徹心扉的痛是可以簡單地被原諒嗎？如果是真的原諒了，是否也能得到解脫？他們依舊在回憶中掙扎，痛苦的依然是被傷害那方。」

莎莎接著說：「如果你覺得自己的情路充滿挫折，可能你只是未遇到『對的人』，人一生總會遇上幾個人渣，那你又會是別人生命中的什麼人？」

守禮聽得津津有道，說不出任何話來。

「到了懂得珍惜的時候，什麼都已經不屬於你。我們只是幫委託者們紓解他們心中的鬱悶，所以，不需要太放在心上。」

「總覺得，聽到妳說不要放在心上，感覺也很複雜，哈哈。」守禮笑嬉嬉地說。

《如果能放下，一開始就不會渴望；如果能遺忘，一開始就不應該愛戀過。》

新太和初一他們吃過晚飯後，在尖沙咀海旁漫步，乘著海風散散心。

任務結束了，大家都鬆了一口氣，心情和氣氛都很好。

走了好一會，新太先說：「累了吧？我送妳回家吧？」

「我還不想回家啦，我想去一個地方，你可以陪我去嗎？」

「妳想去哪？」

初一指著對面的摩天輪：「AIA友邦歐陸嘉年華，它開了這麼久，難得我回到香港都沒有去過啦。」

他們乘船乘著海風來到中環AIA嘉年華，這裡有很多機動遊戲和遊戲設施，初一就像小女孩一樣，一踏入遊樂場的一刻開始，一直都抱著非常興奮的情緒。

新太看到如此純真又可愛的她，忍不住由心笑了出來。

他們一起玩了飛天鞦韆、過山車等等，也在攤位遊戲區裡贏了一個又一個的毛公仔，全都送給了初一，讓她開心致極。

「猜不出原來你也挺能玩這樣刺激的機動遊戲呢！你還行嗎？」初一笑得很開心。

「別說到我好像中年大叔一樣，我還是很年輕的好嗎？」

「剛剛那個 MACH 5，旋轉向地面衝下時超刺激的，向上拋時的離心力超棒的！」

「還敢說，剛剛玩那個我都差點想在空中時喊停啦，剛吃的晚飯快要吐，從空中吐出來怎麼辦？」

「哈哈哈，是啊，我都聽到你在最高點的時候叫救命啦。」初一笑得咯咯聲。

「好啦，我認輸啦，叔叔真的不行了，不能再玩這麼刺激的遊戲了。」

「夠，陪我玩最後一個，最後一個，行嗎？」初一意猶未盡地哀求著。

看著這個年輕又可愛的初一，新太覺得怎麼會有一種熟悉的感覺，他跟她不是認識很久，但她總給他有種熟悉的感覺，並沒有任何違和感。

「妳最後想玩什麼？」

初一伸出手又再一次指著摩天輪：「我想坐那個。」

以前的新太是一個玩家，他對於女性的想法和怎樣討好女性歡心的程度，都有一定的了解。

如果一個女生願意跟你單獨兩人坐一個摩天輪，某程度來說，是另一種女性的浪漫。

簡單點來說，這個女生有八成以上對你有意思。

新太沒有特別的期待，也沒有什麼原因去拒絕，反而一直都有著一種莫名其妙的感覺。

隨後他們乘上摩天輪，一覽嘉年華全景及維港景色。

「那次澄花真是不幸中的大幸，幸好你點的是清水，要不然她就更狼狽了吧？」

「我都猜到八成有這一個局面的了，不過是不知道誰潑誰，以防萬一，清水好了。」

「哈哈，是怎樣猜到的喔？」初一很好奇。

「以前我不是一個好人，親身經歷了不少這些事。」新太有點尷尬。

「哈哈，原來是過來人。」初一說：「其實你為什麼要幫我們？因為莎莎拜託你才肯做的嗎？」

「不是因為她叫我做什麼就做，我也會自己分析應不應該。雖然我還沒認同這樣做是否值得，但我只知道放任妳們不管，總覺得會發生什麼大事。」

「哈哈，是男人的第六感嗎？」

「別小看男人的直覺，第六感才不是女人的專利。」新太笑笑言。

「會發生什麼大事？我們做的都是有意義的事，擺脫了別人心中的不屈。」

「就是擔心妳們會出什麼意外，妳沒有想過不幹嗎？沒有想過自己做的是不對的嗎？」

「告訴你一個事實吧！在你遇見的那些人，不管是好人還是壞人，肯定自身都發生過不少事吧？而你因為你個性使然，也許因為以前的經歷，變得開始在意周遭的人和事吧？」

初一繼續：「我認為那些全都沒有意義。脫離現實的正義感，在追究什麼是值不值得之前，先把自己做好，做自己所認為是對的事，這才對自己的人生更有幫助，不是嗎？」初一直率地說出自己的觀點。

「就某方面來說，這的確是為我著想的發言。但是，用這種方式面對別人，真的有意義嗎？」新太說。

「好啊，隨便你，這個世界就是在絕對的權益之下運轉，我相信我的出發點是對的。」初一顯得有點頑固，激動得整個站起來說。

新太想緩和這年輕的小姑娘的衝動和怒氣，他不是想充當大人，只是他曾經也年輕過，也明白有很多道理不是你說，別人就會聽。

這時，摩天輪轉到最高點，突然一陣搖晃，她一時站不住腳，整個人向前跌入新太的懷抱。

他們因為摔倒而抱在一起，時間像靜止了一樣，他們的臉靠得很近很近，能嗅到雙方的鼻息，彼此聽到了對方的心跳聲。初一心跳得特別厲害，從莎莎身上一直聽到新太這個人的往事，一早已經對他很感興趣，一個玩世不恭的大男人，在深愛的女人離開後，從此沒有再愛上任何一個女人。

某方面來說，他是一個很深情又專情的男人，她喜歡他的成熟，喜歡他的大度，喜歡他的紳士得來帶點幽默，認識了他本人以後，她知道自己已經深深被他吸引著。

雖然她執行任務時她可以飾演任何角色的女人，嫵媚的女人，嬌柔的，野性的，她都能勝任。但最少她希望在自己喜歡的人面前，她只想做她自己。

他們互相凝視了五秒左右，初一才回過神來，羞澀地低著頭，慢慢退後想站起來，新太卻一手摟著她的腰，不准她離開，初一愕然得來不及反應，只睜大雙眼看著新太，看見他正慢慢湊近，下一秒便親上她的唇。

她的嘴很小很柔軟，一直臉紅心跳，體溫急近上升，初一沒有反抗，相反閉上雙眼熱情地回應他的吻。

他們親吻得可激烈，舌頭深深地緊纏在一起，好像把一直抑壓的情緒全在這一刻爆發起來。

吻到初一開始喘不過氣來，直到摩天輪重新啟動，新太才慢慢放開她，二人都不敢正視對方，這一個吻又代表什麼？

他們沉默良久，新太握著她的手扶起她回座位上，她感覺到新太厚實的掌心一下子牵住了自己的手，臉不由得紅了起來。

各自坐回位置等待摩天輪下降，離開了摩天輪，新太先打開口說話。

「剛剛是我不對……」

「什麼意思？」初一很愕然。

「我並沒有覺得妳哪裡做錯，也不覺得妳的想法有什麼問題。我明白妳想成為一個對他人有益處的人，會有一些場合，我認為妳應該更要在意自己的處境才對。」

原來是說剛剛的話題，初一還以為他在為接吻的事道歉，嚇了一下。

「我不該用我的尺度硬要套在妳身上。」新太繼續。

「嗯……你不用道歉，我也有不對的地方，我不該態度這麼強勢……」

「妳要答應我，一定要注意安全。一有發覺有什麼不妥，要懂得退場。」新太堅定地看著初一。

他們沒有人敢提起剛剛接吻的事，也不知該從如何說起。

她對他多一份感情，他對她多一份執著。

《此刻想你的思念想傳遞給你，然而話到嘴邊卻無法說出口。》

那晚以後，大家都各自有自己的生活，當他們沒有任務時，他們都不會特意四人走在一起。

莎莎之前說過這次他們三個回港都是為了完成這兩個任務，如今任務已完成，以為這件事就此告一段落。

兩星期後，有天新太剛關把店門關上，正準備回家，收到莎莎的電話：「半小時後在乾一杯等。」

咔嚓，掛線了。

完全沒有給新太說話的機會，拒絕的權利都沒有，莎莎就是這麼的任性，新太也會一面倒去遷就她，這是他們之間相處的方式，只屬於他們的情誼。

到了乾一杯酒吧，守禮和初一都在場，看見莎莎自己坐另外一桌，新太已經意識到一定是跟 ROL 有關。

新太很識趣地走向初一那桌，守禮跟新太輕輕打了一個眼色，示意他坐下來。

這次是新太和初一接吻後見面，這兩星期期間他們都沒有誰主動聯絡過誰。

他們對望了一下，輕輕點頭打招呼，大家表情都有點尷尬。

他們三個一直假裝有說有笑，其實一直都很留心偷聽鄰座的莎莎和另一個女人談話內容。

莎莎旁邊坐著一個看上去跟她差不多年齡的女人，她掛著柔順、長長的淺啡色頭髮，雙眼盡是楚楚可憐的眼神，瓜子臉和不錯的身材，一開口說話聲音非常嬌嗲，是典型的美女。

「哈佬，我叫莎莎，妳就是在討論區的燕子嗎？」莎莎禮貌地打招呼。

「妳好，我叫韓芷燕，我從外國的朋友得知 ROL 這個組織，我一直在期求可以聯絡上妳們，太好啦！妳們終於留意到我，我真的很需要、很需要妳們可以幫幫我……」芷燕神情哀傷。

「上頭有報告下來，要我們了解妳的狀況，韓小姐，如果妳想我們幫到妳，可以詳細一點講解妳的事情嗎？」

「我是從事保險行業的，本身有一個很隱定的男朋友，但我現在要妳們幫我的對象，不是我的男朋友……」

「那、是誰？」

「是我另外一個男朋友，我最愛的男人。」

芷燕吞吞吐吐。

……

韓芷燕有一個已經跟她一起七年的男朋友，他們就像普通情侶一樣，上班下班，每逢週末或假期都是出去逛街、食飯、看電影，假期去去旅行散散心，兩個人一直都在香港工作，為將來結婚、買房子。

久而久之，當初認識的熱情已褪去，剩下來的是二人的感情，他們先買了房子共同生活，大家都已經認定對方為最後的伴侶。

擁有了成為親人的價值後，愛情卻慢慢丟淡，但又沒有要分開的理由。如果硬要說不愛了又不是，可算是有點食之無味，棄之可惜。

直到他們交往第六年，芷燕轉到了新分店上班，有一次公司開會，她駐場的那區所有分店的員工都要一起開會議。她在會議室裡看到一個她從沒看過的新員工，黎正嵐。

黎正嵐身材很高大，大概有一米八二左右，皮膚很白很幼細，鼻子筆挺，但卻一點都不娘娘腔。五官標緻，笑起來跟某明星很相似，總是往一面歪，有點野孩子的味道。

全區分行認識他的同事都稱呼他為「男神」，他沉默寡言，很有神秘感。起初他們沒有任何牽連，只是在開會期間，芷燕偶爾會偷看他。

那天會議完結之後，同事們建議一起吃晚飯。他們在吃飯過程中也沒有什麼交雜，話題都是以公事為主，直到吃完飯後，大家各自回家，芷燕乘上往將軍澳線的列車離開，發現正嵐隨後跟上。

「你也是這條線嗎？」芷燕為免同車不說話，先打開話題。

「嗯，不是，只是我去買點東西。那妳呢？妳住在將軍澳嗎？」

「是的，還以為有誰跟我這麼可憐，住在將軍澳但卻在荃灣線上班，多慘。」

「妳一來一回都要花上很多時間吧？」正嵐訝異。

「對啊，女生還要化妝才出門，一天醒來後加上化妝的時間真的讓人叫救命啦。」芷燕笑笑言。

「聽起來都挺可憐的，其實我住在香港區，但我每天都是自己開車上班，每天都會經過北角，如果妳不介意的話，要不然我每天在北角等妳，順便載妳吧？」

芷燕有點嚇倒，怎麼這個男人跟自己一點也不認識，突然對自己獻欣勤，是代表他看上她了吧？

她很快就發現正嵐左手無名指上的戒指，他……已經結婚有家室了吧？

怎麼會還對出面的女人示好啦？

他們在飯局的時候有了基本的交談，他樣子雖然很年輕，一點也不像三十七歲了，看起來好像只有三十歲，保養得很好罷了。

是因為他比她大很多，一個長輩對後輩的照顧而已嗎？她不懂，但她又不好拒絕，所以就順勢答應，就當自己交多一個朋友。

他們第一天認識，第一次吃飯，第一次交談，他拿她的聯絡號碼，很自然的發展，就是從簡訊開始互相了解更多。

他們每天都會在早上見面，中午用短訊聯絡，一到晚上跟週末，兩個都很懂事不會聯絡對方，因為知道這些時間，他們各自的另一半都會在身邊，不能被發現。

不能否認，他們就此墮入愛河，正嵐直接跟芷燕告白，芷燕也發現自己漸漸愛上他。

他們會趁中午的時間去遠一點的地方吃飯見面，晚上下班也會偷時間見面，已經到了發展不倫之戀的地步。

「妳知道妳現在在拆散一個家庭嗎？」莎莎忍不住問。

「我知道！我並不是一個喜歡當小三的女人，但我就是控制不了自己的情感……我並不是一開始就喜歡上他的，我當然也知道他老婆有多麼地喜歡他，但因為發生了各種事情，我也不知不覺間迷上了他的溫柔，他的浪漫……」

「妳確定他是真的愛妳嗎？」

「可能別人會不相信，我很清楚他不是一個玩弄感情的人，他已經不愛他的老婆了，他在家裡沒有位置，一切大小事情他的老婆都要管，他也想離婚的……無何奈何，他離不了……」

「是因為他有孩子吧？」

芷燕點點頭。

「我知道在別人眼中我是一個罪無可恕的小三，但我們都不是玩弄感情的人，雖然我們都知道我們沒有將來，沒有後續，但我真的很不捨得放手……一旦投入了真感情，豈能說放手就放手呢？」芷燕開始泛起了淚光。

「他的老婆是一個很差勁的女人，什麼都不做，孩子也不照顧，控制慾很強，他連想看一部電影都要經過她的批准，他說他已經很累了。他跟我說過『我的人生一直以來都往壞的方向發展，說不定會因為跟妳在一起而改變。』我相信他，我相信他是真的愛著我，只是現實讓我們無能為力……」

「為什麼他們不離婚呢？既然他們之間都沒有了感情，何況他又找到他另外的真愛。」

「這個就是問題所在，他告訴過我是因為他跟他老婆每次吵架，都會一哭二鬧三上吊，他害怕他的老婆會情緒失控做傻事。」

「那妳現在是想跟那個人夫報復吧？為什麼呢？」

「我跟他糾纏了整整一年有多，很多時候都想放棄但最後我們都捨不得對方，一直離離合合。但上星期開始，他好像一直躲著我似的。當跟他說話時，會發現他的回應往往都很簡短。久而久之，變得對我的話感到不耐煩，不想再聆聽，就連分享心事，他都覺得我很麻煩……」

芷燕飲泣地說。

「然後變得打給他都不回電，常常說自己很忙……連偷一點時間去覆短訊也不會，等了大半天，什麼都沒有。追問他的時候，他都表現得很不耐煩……」

「他有沒有跟妳提起過要分手之類的？」

「沒有欸！他一點解釋都不給我，自從上次跟他鬧了一點脾氣，我只是隨口說出分手之後，他就開始對我冷淡！但我們一直以來都是偶爾會吵著分開，但最後他都會說愛我哄回我……」芷燕雙手掩臉，哭得越來越大聲。

「這樣的不安越來越嚴重……最近甚至會開始有這種想法，要是我不小心犯了一點小失誤，他是不是會像煙霧一樣人間蒸發……」

莎莎讓她放聲大哭，等她冷靜過後：「妳知道我們的規則了吧？妳想選擇的是哪一個 Plan？」

「Plan EX。」

突然芷燕整個感覺都改變了，眼神相當凌厲：「如果他一點情義都不留給我，我也不會讓他好過。」

《最折磨人的曖昧關係是，從頭到尾，都只是我一個的獨角戲。》

CHANCE

CHAPTER FIVE

★★★ 第五章 ★★★

第五章 CHANCE

莎莎從芷燕口中得知很多正嵐的生活節奏，她讓芷燕先別跟他對抗，首先要讓他疏於防範。

有一天芷燕聽莎莎安排，去他公司的停車場在他的車輛旁等他。芷燕帶上耳機，在這悶熱的停車場等了好幾個小時，終於等到正嵐下班前往去拿車。

芷燕衝上前，正嵐確實是有嚇到往後退了一步，整個人愣住了，才開口：「妳怎麼在這裡？」

「我發了這麼多訊息給你你都不回覆，我真的很想見你，我有話想跟你說……」芷燕一見到他忍不住又想哭。

「……先上車，很多同事在附近。」

他們開車到了鯉景灣比較偏僻的地方，那是他們以前常常去偷情的地方。

他們像往常一樣點了幾杯酒，一點小吃，看著海景乘著涼風，正嵐本身嚴肅的表情都慢慢軟化。

「妳有什麼想跟我說？」

「為什麼突然冷淡了？我們不是一直好好的嗎？」

正嵐沉默。

「你是真的想分手嗎？你真的忍心不要我了嗎？」芷燕哀求著。

「妳知道我是愛妳的，但無奈我們每次說到將來，大家都是不歡而散……」

「那次是我情緒不好，我不應該迫你的，我不應該這樣說話，你原諒我啦，好不好？我們不要分開，好不好？我怎樣對你難道你不清楚嗎？我真的很愛你……」

「芷燕……我們可能真的錯了……」

「不要！不要說分手！我求求你，不要分手，我不想失去你。我答應你，我不會再迫你在你老婆和我之間做出選擇，以後我絕不會再提及她，我們好像以前一樣，開開心心好不好？」芷燕的眼淚攻勢，以及她那可憐的聲線，實在讓人不忍心再說什麼去傷害她。

「妳這樣，又何必呢？沒有我可能妳會更幸福吧？」正嵐不敢凝視她雙眼。

「不，沒有了你的世界我會更痛苦，我愛你，我真的很愛、很愛你……」

她撲上前把正嵐抱得緊緊的，正嵐開始心軟，雙手慢慢環抱著她，俯身親下去回應她的愛。

……

正藏在另外一個地方的初一、新太和莎莎一直觀察著他們。

「那個男的已經不愛她了。」莎莎斷定地說。

「怎麼會？妳怎麼知道？」初一問。

「俗話說眼睛是心靈的窗戶，在兩個人認識到交往中，或許只需要一個眼神，就可能感受到對方濃濃的愛意。相反如果一個男人不再愛妳，那麼他看妳的眼神就會變得空洞無神。」

莎莎繼續：「從他的眼神就看得出。就算一個男人再會花言巧語，但是眼神是最不會騙人的，因此說謊中眼神會出現閃躲，或者強裝鎮定的堅定。如果一個男人看你的眼神變了，那麼心也就變了。」

「是這樣嗎……的確感受不到那個男人的愛意。」

「這個男人鐵定了一腳踏兩船，一直都是給假希望芷燕，真過分。」

「對！男人就是這樣，總是希望得一想二，一點也沒有考慮過在家等他的女人嗎？」

「這個就要問問我們的博士了。」莎莎笑著用眼神偷看著新太的反應。

「喂，關我什麼事？別什麼都扯到我身上。」新太突然躺著也中槍。

「你不是曾經說過『沒有一腳踏兩船，怎叫拍拖？』嗎？」

「都已經是多久之前的事啦……我從良了很久了，好嗎？」新太很無奈。

初一知道這是他們的溝通方法，她偷偷地看著新太每一個反應。

「看著芷燕還是真的喜歡著正嵐，我們的計劃還要停止嗎？」

「他們兩個現在就是互相喜歡，也沒辦法啊！但既然接受了委託，計劃當然要繼續進行。」莎莎說。

這一晚，他們看著正嵐跟芷燕去開房，他們沒有跟上去，只是慨嘆他們各自的伴侶，什麼都不知道。

他們這樣算是暫時性的和好如初，第二天，芷燕帶初一到他們約定的地方。

正嵐來到的時候都不知道有第三者在場，故作鎮定坐下來：「這位是？」

「對不起，沒有先跟你說聲，她是我的表妹，剛剛從美國回來，先在香港住一陣子就會走，所以這段時間我要照顧她。」芷燕解釋道。

「Hello！我叫初一，nice to meet you。」初一禮貌地伸出手打招呼。

正嵐從上到下打量了初一全身，這個年輕貌美的女生，哪有男生可以拒絕得了。

他也伸手跟她握手：「嗨，很高興認識妳。」

「哇塞！芷燕表姊的男朋友很帥喔！妳真幸運！」初一表情古靈精怪。

「你們先點食物，我去一躺洗手間。」

初一離座後，正嵐立刻緊張地問芷燕：「男朋友？她知道我們的關係？」

「你不用慌張，她知道我們的事了，但她不會說出去的，她在香港又沒有什麼朋友，她這些外國長大的女孩，思想比我們開放很多。」芷燕安撫著他。

「真的沒問題嗎……？」正嵐還是有點不放心。

初一回來之後，他們像什麼事都沒有發生，有說有笑，就先讓他們有第一步認識。

乾一杯酒吧。

莎莎跟芷燕兩個人在交談。

「我已經聽妳說讓正嵐認識了初一，為什麼要讓正嵐認識其他女生？」芷燕盡是不滿意的表情。

「不用擔心，這種事情我們自有打算。」莎莎淡然地說：「所謂人這種動物啊，其實都是大同小異，除非是被逼到絕境不然是不會展現真心的。」

芷燕一副不理解的眼神看著莎莎。

「妳覺得他還是真心的愛著妳嗎？」

「我不知道……」芷燕又開始黯然神傷：「總覺得他的一舉一動就像是在對我撒謊，也不會真摯地看著我，一開始我以為只是我太敏感，可是，隨著時間過去，就算是騙我也好，我好希望他都可以留在身邊，但總覺得他的心根本不在我身上。」

「就算別人說什麼妳都未必會聽得進去，就讓他自己來表現給妳看。」

「妳說要一窺他的心？」

「簡單來說就是這樣。」莎莎繼續說：「我們使他動搖的時候，要是他真的被我們設計所引誘，那對妳來說，他就不是對的人。」

「但要是他真的上釣的話……」芷燕很擔心。

「那還有什麼好擔心？告訴自己這個人不是對的人，然後拋棄就行了啊。」

「妳說什麼？！別說得這麼簡單瀟灑……」

「妳要一輩子欺騙著自己度日子嗎？」莎莎督定地說：「總覺得他的心思不在妳身上，但又沒有勇氣確認覺得害怕，所以還是假裝不知道？」

「即是怎樣？」

「妳一直以來不就是抱著這種想法的嗎？所以才找上我們來幫助妳不是嗎？」

「讓妳能夠用親眼見證。計劃很簡單，那就是要讓他受其他誘惑，接著在他最放心的那一刻，妳再出現質問他就行了，問他的真心究竟是什麼。」

「給我一點時間考慮……」

有些情況下，把事情埋藏在心裡比較好，如果揭發後會使某些地方支離破碎的話……

保持現在這樣的關係不好嗎？最少他都還在她身邊。

軟弱的芷燕心裡是這樣期求的。

《有時候覺得別人忽略了自己，其實只是你把對方看得太重。》

現在芷燕跟正嵐偷偷約會都會帶同初一，只是他們的晚上活動會被阻撓了，大前提是先讓正嵐多點相信初一這個「真表妹」。

另一邊廂，有一個星期六的晚上，守禮正在蘭桂芳和其他女人勁歌熱舞的時候，突然收到莎莎很急切的電話，電話裡頭她的聲音很焦急緊湊。

「守禮！救命！救命啊！快點來救我⋯⋯」

然後咔嚓一聲掛線。

守禮嚇呆了，連忙回撥多次電話已經變成已關機狀態。

他急不及待甩開抱著他的女人，立刻穿好外套趕著離開這煙花之地，跳上的士趕去莎莎的家。

到了莎莎家門外，他按了好幾下門鈴都沒有人回應，輕輕推門，發現門沒有鎖上。

他小心翼翼地走進屋裡，看不見莎莎，也看不到其他任何人。他慢步地走向莎莎房間，都不見莎莎的身影，他才開始焦急起來，大叫：「莎莎！莎莎妳在哪裡？！」

有一把很微弱的聲線回應著：「我⋯⋯我⋯⋯我在這裡⋯⋯」

聲音從廁所傳出來，守禮想也沒想，大力踢開門，看見莎莎全裸的躺在浴缸，雖則有毛巾包著身體，但毛巾都遮掩不了她玲瓏的身材。

守禮紅著臉衝去扶起莎莎，莎莎有氣無力地指住浴室的水龍頭，說：「它關不了啦，幫我止住它啦……」

守禮用公主抱式把莎莎抱到床上去，然後轉身到廁所把壞掉了的水龍頭修好，整個人和洗手間都弄到濕淋淋。

回到房間看見莎莎還是動也不動在床上，好像弄傷了哪裡。

他急切地問道：「哪裡受傷了嗎？」

「剛剛洗澡的時候，洗到一半的時候突然沒熱水，我就拉一拉，鎚一鎚試試修理看看而已，怎知道……它這麼化學突然自己失控啦，還讓害我滑倒了！」莎莎指手畫腳地重複剛剛的動作。

「妳這樣又拉又扯又鎚，不壞掉就奇怪啦！妳不會打電話找修理工嗎？」守禮沒好氣地說。

「還敢說，我頭髮洗到一半都還沒洗乾淨，叫我怎麼叫其他陌生人來見到我這個樣子。」

「妳知道妳打給我的時候的聲音有多恐怖？我以為妳發生什麼事給人上門尋仇！」

莎莎一副不好意思的態度：「剛剛滑倒的時候我真的動不了，以為就這樣死在廁所啦……我找新太他都沒有接電話才找你，我也不想打擾你啦！」

聽到她說先找其他男人，他才是第二位，枉費他來這裡途中他真的十分擔憂、緊張，這讓他有點不是味兒。

他腦袋好像有什麼螺絲鬆掉了，他突然抓著莎莎雙手，把她壓在身下。

「妳知道我聽到妳好像求救的聲音我有多擔心嗎？」守禮目不轉睛定盯著莎莎，一臉認真地說。

莎莎給他這個舉動嚇到了，平常守禮對他循規蹈矩、客客氣氣，現在他是發什麼神經啦？

「你想幹什麼啦……？」莎莎吞吐地問。

「妳問我想幹什麼？我對妳的感覺妳不會不知道吧？」

莎莎把臉移開，不敢直視他。

「妳根本就知道我對妳是怎樣！只是妳一直裝作不知道！」守禮開始控制不了情緒。

「……」莎莎還是沉默。

「為什麼要一直無視我的感情……」

莎莎想用手推開守禮，可是守禮力氣很大，她根本掙不脫。

守禮用雙手抓住莎莎的白嫩的胳膊，不讓她反抗，他全神地看著身下的莎莎。

白皙的皮膚、迷人的五官、性感的曲線、修長的雙腿，特別是她的眼睛，時常都好像在挑逗男人般。

他忍不住從她柔嫩的脖子開始輕吻著，落到肩膀，然後吻落到她那細長粉嫩的手臂上。

莎莎沒有激烈的反抗，不知是否假裝享受著，她的臉也不由得紅起來，近乎渙散的眼神真的很美。

守禮大膽的將手放在莎莎的大腿上，撫摸按揉起來，她如同被電擊般的整個身體僵硬起來，這時她已發出輕柔的喘息聲。

他以爲莎莎會向他發怒，但是沒有想到的是，莎莎竟咬緊嘴唇，開始呻吟起來。

她的反應就像允許他的行為般似的，讓他更大膽放肆的來回撫摸她的肌膚，正當他想掀走唯一覆蓋她肌膚的毛巾，莎莎一手按住他的手停住了他。

給她突然剎停的這一瞬間，守禮用詫異的眼神看著她。

「不要再繼續下去了……」莎莎表情有點糾結。

「為什麼？」

「再繼續下去的話，我們的關係就會不同了。」

「那我們就交往好了！我是喜歡妳的，妳知道的。」

「我只把你當弟弟看，我不想破壞這種關係……」

「什麼？弟弟？妳就沒有把我當作一個男人看待嗎？！」話音剛落，守禮就後悔自己的語氣太重了。

莎莎沉默著沒再說話，神情木然地往外看，躲著他的眼神。

守禮離開她的身體，慢慢坐回身子，別個臉默不作聲。莎莎也穿回衣服，看了他一眼，猶豫了許久才說：

「今天就當什麼事都沒有發生吧。」

他沒有回她的話，只留下了一句：「You're gonna regret it someday.」難堪地離開她的家。

……

《人與人之間最好的相處距離是，保持距離。太熟悉的話，就會產生佔有慾。》

初一正努力接近正嵐，以買感謝禮物給芷燕為理由，成功約了他單獨出來。

初一裝作一個沒有任何機心的普通女孩，跟正嵐作了一個普通的男女約會。

到了晚上，初一在吃晚飯的時候特意開一瓶酒喝，讓氣氛推得更高點，她根據正嵐的個人資料所知，正嵐雖愛喝酒，但他的酒量非常淺，跟初一剛剛相反，她卻練了一身好酒量。

初一很主動每次都為他倒酒，他又不好意思推搪女人的好意，勉強地喝完一杯又一杯。

終於，他不勝酒力也開始昏昏欲睡了，正中初一的計劃之中。她早有準備在酒店開了房間，把他送上房間後，把他的手機關上，不讓任何人找到他，然後把他搬到床上去，把他的衣服全扒光，自己只露出香肩，頭貼頭裝親暱地擠在一起，舉起手機，拍了好幾張照片。

到了第二天的清晨，正嵐摸著劇痛的頭，睜開眼睛看到自己在一個陌生的房間，自己身上一點衣服都沒有，十分震驚。

環顧四周一個人都沒有，他依稀記得昨晚是跟芷燕的表妹逛了一整天，然後一起去酒店的餐廳吃晚飯，然後喝了一點酒……之後的記憶他都沒有了！

他身上一絲不掛的，但初一又不在這裡，是因為她先離開了嗎？她什麼時候離開的？他們到底有沒有發生過任何事？

正當他一籌莫展之際，緩緩地下床找他的手機，發現手機關上了，事情大條了。

重開電話電源，顯示有百多通沒接來電，絕大部分都是他的老婆打過來，其次就是芷燕。

他立刻找了他的同事一起編了一個又一個的謊言，最終讓他勉勉強強成功瞞騙過去。

但芷燕呢？他的同事她也認識，而且我又不知道初一會不會當天把事告訴了她。

所以他都不敢主動去找她……甚至她的電話也不接，實在沒有再多精神去應付另一個女人。

他也不敢找初一，如果有什麼事都應該是她來找碴，現在什麼都不作為妙。

過了好幾天，他也躲了芷燕好幾天，他知道終歸躲不過她。

芷燕又在他的停車處等他，無可奈何地走上前，還沒開口說話，芷燕就忍不住怒火，一巴掌打過去。

正嵐沒有出聲，他也知道她生氣了理由，只是呆呆地站在原地不動。

「你怎麼可以這樣對我！她發現了嗎？是她求你不要跟我見面吧？在你面前又哭又鬧的吧？所以我們善良的正嵐覺得對她感到歉疚，才連一通電話也無法打給我？我猜對了嗎？！」

她在說什麼？為什麼將責任點轉到他老婆身上？

但也總好過告訴她「我上了妳的表妹」這個狀況吧？

「別在這裡大吵大罵，上車再說。」

「不要！有什麼不可以在這裡說？！」芷燕控制不了情緒「我找了你這麼多天，你是在避我嗎？！」

「才不是好嗎……我是因為各種事情纏身，才一時忘記聯絡妳罷了……」正嵐編個理由說，其實她猜對了，但卻費盡心思地想裝傻蒙混過去。

「騙人！」

她一邊瞄著他的臉一邊這麼說，而正嵐則是因為確實有說謊的關係，所以只是無言地躲避她的視線。

「其實我跟妳說過很多次，妳常常這邊廂說不會干涉我家庭，那邊廂非得弄要把事情鬧成這樣……」

看到正嵐沒有一絲想要挽回她的意思，她頓時慌張，連忙道歉：「對不起，對不起……我不是有心的，我只是太緊張你，太怕失去你啦……」

正嵐知道芷燕這種情緒化的個性，已經意識到她會是一個計時炸彈，總有一天她會毀了他的一切。

現在在這跟她糾纏百害而無一利，附近太多其他分行的同事經過，他要先設法離開現場。

芷燕不敢不聽話，乖乖地跟他上車，離開這裡再慢慢說。

這一晚，他想分手，她不想分，這樣又再一夜糾纏，得不出什麼結論。

第二天，芷燕跟正嵐兩個都提早請了半天假期，打算偷點時間去外面見面，怎料這天芷燕在中午時突然有客人來，要先把客人的事務處理好才能走。正嵐開著車子在轉角處等她，豈料等了好久時間，不走運地給警察檢控違例停車，讓他的心情很糟糕了極點。

芷燕趕緊把工作完成後，匆匆地跑上車跟正嵐會面。

一上車看到正嵐滿是怨氣，臉上的表情一點也不和平，小心翼翼地問：「怎麼啦？你怎麼看來很不高興啦？」

正嵐看著前方，沒有正面看芷燕一眼：「因為要等妳，害我給警察『抄牌』了。」

芷燕戰戰競競不敢冒犯他，想盡辦法去哄回他，一手把罰款單搶過來：「這個因為我的錯才會被罰，讓我來付吧！」

「不用了……」正嵐沒好氣地回應。

「不！一定要讓我來付，要不然我的心過意不去。」

他不想跟她為這小事爭奪，就由得她。

鈴鈴鈴……正嵐的手機響起，是他老婆（穎琳）打過來。

「喂，現在？還沒下班，對啊，在出面，剛剛見完客人去便利店買回東西……什麼？當然只有我自己一個啦，哪有什麼人？不說啦，我見到我上司啦，下班再打給妳……拜拜。」他隨便地編了個藉口掛線。

芷燕也乖乖地待在坐在副駕不敢發聲，他知道他老婆又再打來檢查他的行蹤。

「現在沒有什麼心情了，等妳也浪費了很多時間，今天我們就不去訂酒店，她要我準時回家，我跟妳吃一點東西後送妳到車站，免得她懷疑。」

芷燕委屈得想哭，但又不敢鬧事，她知道最近她總是容易鬧情緒，怕壞了他們之間的關係，只好無奈地妥協。

快速地吃了點東西就把芷燕送到車站，頭也不回地開車走了。

到了自己家的樓下，剛好把車停好在停車場，他看到另外一個女生在轉角處走出來。是初一。

他毫無準備之下重遇這個迷之少女，一下子來不及什麼反應。

「回家了嗎？今天可比以往早了點呢！」初一輕描淡寫地說。

「妳怎麼知道我住在這裡？」

「有什麼不能知道的？芷燕告訴我的。」

初一調皮地說：「我們是表姐妹，她什麼都會告訴我啊，但我是不是什麼都會告訴她，就不可而知了。」

此是話中有話，正嵐也不是傻子，他當然知道她在說什麼。

心裡一想到芷燕這個女人給他添了很多麻煩，心裡冒火，心中說了千百句髒話罵芷燕。

「妳覺得她很麻煩了吧？芷燕的個性很糟糕又不是一天兩天了，現在又會有什麼改變呢？」初一挑釁：「在別人面前假裝善良、端莊，假裝自己儼然是溫馴、善解人意一樣，但只要一發現對自己不利的事，就會突變。」

「妳怎麼可以這樣說自己的表姐？」

初一沒有理會他，繼續說：「你們所謂的愛情這種東西總是會像謊言似地被美化，然後就順勢地照單全收吧？」

她雖懂得察言觀色，即使他明顯的面露不悅，但她不但沒有退縮，更加火上加油。

「本想逢場作興一下，為了可以更加容易控制這女孩，下了這麼多糖撒了這麼多謊，以為自己是人生大贏家？誰也料到自己能力有限吧？」

此時正嵐的電話聲響起，是他老婆打過來。

看見他皺著眉頭故作鎮定的樣子，側身背著初一接電話。

初一噗嗤一笑，手指貼著那櫻桃小嘴，發出無聲卻又強而有力的噓聲，嘴角浮現一抹微笑。

「什麼啊……別人在打電話時幹突然做出這個舉動惹人懷疑？」掛線後，正嵐問她。

「沒幹嘛啊，只是因為看到你們甜蜜地通話，所以吃醋了。」

「妳來找我只是想跟我說這些？」

「我跟你現在的關係不可以吃醋嗎？」初一不忘地挑逗他說。「我不需要你做出任何選擇，我愛上你了，我要把你搶走。」

然後一手挽著他的手臂。

正嵐沒有推開她，俯身重新打量著初一全身，她的確比他老婆和芷燕更青春、更迷人，最重要的是「新鮮感」。

雖然他沒有了在酒店最後跟她上床的記憶，但現在這個可口的少女主動接近，男人都很難抗拒，何況她沒有要為那日的事翻舊帳，的確鬆了一口氣。

「妳這個小妖精，嘿，妳想我怎樣做？」正嵐不禁嘴角向上揚。

「不用特別做些什麼，也不用要做什麼抉擇，只需要好像瞞你老婆一樣，瞞著芷燕就好了。我比她更懂得玩這遊戲，反正我也不想跟她鬧翻喔！」初一一臉可愛的模樣。

「讓我想一想……」

「別想太久，也別讓我等太久喔！」留下最後這句話，她主動親上正嵐的臉頰，轉身離開。

正嵐被這個舉動嚇得臉色一僵，立即看看四周有沒有給人看到，只可以呆呆地目送著她的背影離開。

這個女人愛上他了嗎？

一直以為花花世界很吸引，一般的男人夢想著有一堆女生圍著自己轉有多爽，但現實來到時，原來比想像中更加吃不消。

一時之間，他又如何同時處理家庭、情人、小四呢？

《治得你脾氣的人是你愛的人，受得你脾氣的人是愛你的人。》

ARSENIC.
POISON!

OPTION

CHAPTER SIX

★ ★ ★ 第六章 ★ ★ ★

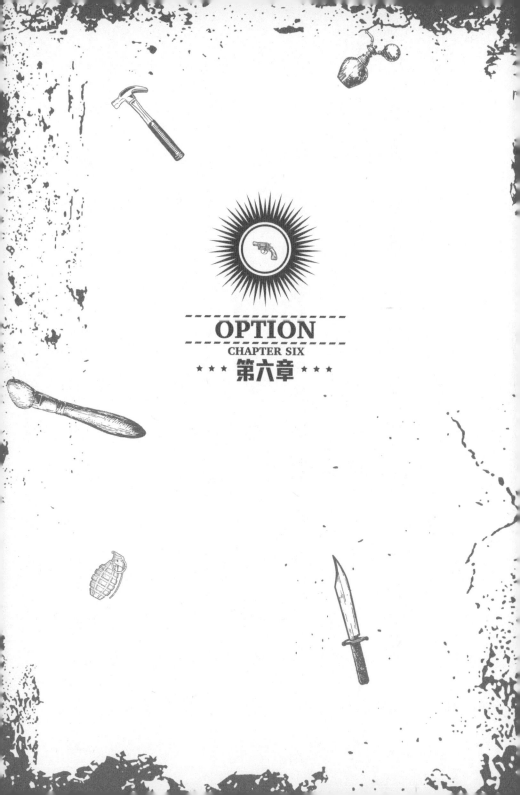

初一、莎莎和芷燕相約在九龍公園裡。

「我只不過是撒了幾句謊罷了，那個男人就一股腦地相信我。」初一對著芷燕說。

「妳拼命守護的愛情，比我短短幾句調情還要脆弱。」

初一把她誘惑正嵐的事告訴芷燕，但芷燕聽後，沉默了許久都不說話。

「妳還騙得了自己嗎？芷燕，都這樣了，妳還想若無其事地繼續相信那個男人愛的是妳嗎？」初一有點看不過眼。

「就算正嵐對我隱瞞了什麼我也不會費心去追問，我認為假設他真的對我隱瞞了什麼，但我也有對他隱瞞的事，所以我也沒資格去追根究底。」

「妳是不是為了留住他的愛，可以付出？可以犧牲？可以忍受著委屈依然對著他微笑。但是從他身上，再也看不到愛的證據，妳也要堅持下去嗎？」莎莎問。

「是啊！我需要的只是與所愛的人在一起以及安全感罷了，我一點也不想粉碎此刻的幸福。」芷燕開始埋沒理智。

「先不說妳本身的男朋友，韓小姐，如果我說妳至今走過的人生全部都是謊言的話，妳會怎麼想？」莎莎轉個語氣問。

「妳意思是說我跟他所過的這一年光陰都是謊言？」

「是的。」

「現在出現多一個女人跟以前的感情有什麼關聯？」

「一個男人如果是真的愛上妳，不會讓妳這樣委屈，不會讓妳獨自難過，不會讓妳一直背著小三的名分見不得光！所有一切的會從妳作出發點為考慮，至少不會輕易地讓自己受其他誘惑……」

芷燕的樣子還是不願意相信，正所謂忠言逆耳，像她這種只想活在自己的幻想世界裡的人是不會輕易接受現實。

「也就是就芷燕妳這一年徹底被他撒的謊話給騙了，而且還一直活在謊言裡。妳這一年間，都被妳自己幻想的情人所撒的謊給蒙在鼓裡。為什麼妳還不明白？！」初一有點激動。

「我知道我也很清楚妳有多麼喜歡他，但是……就是妳總不可以這樣等下去，有沒有想過妳的男朋友嗎？他才是最愛妳的那一個人。」莎莎一臉和氣地說。

「我知道的，我是知道的……」芷燕承受不住自己的情緒，一下子痛哭起來。

「男人有時好比洋蔥，要想看到洋蔥的心就需要一層一層去剝，但是女人卻在剝的過程會不斷流淚，到最後才知道，原來洋蔥是沒有心的。」莎莎說。

「之前所做的一切是為了讓妳更清晰，Plan EX 沒有妳果斷的協助是完成不了，心軟會壞了大事，所以是時候清醒。」

芷燕聽得懂這些道理，心情忐忑不安，或許就如她們所說，是時候要讓自己清醒了。

……

在這個星期的週末，芷燕聽莎莎的安排，主動在下班之後約了正嵐見面。

平常正嵐都要在晚上八時就要離開回家交人，芷燕要用盡方法把他留住，拖延他的時間。

正嵐比平時晚了差不多一個小時回家，正嵐的老婆（穎琳）已經板著臉在大廳坐著，他鞋子剛脫掉，穎琳已經急不及待地質問他：「你出面藏了女人嗎？」

「妳在亂說什麼？」正嵐裝作鎮定。

「那個狐狸精是誰？！公司的 Daisy ？還是那個新來的小妖蓉蓉？！」

「別在亂說，我跟她們只是普通同事。」

「那你說今天為什麼會這麼晚回家啦？！」

「不是已經發了短訊告訴妳今天要加班了嗎？」

「我打去你公司問過，你的同事說你一早就下班了！」穎琳怒吼。

「誰說的？我只是在休息室偷懶了一回，同事可能不知道而已……不知道妳在發什麼神經，別在小孩面前發瘋。」正嵐死口不認。

「……那個蓉蓉每次都很倒貼男人，所以老實說，我覺得很不舒服，我會懷疑也是情有可原的吧？」

「不是啊！妳怎麼這樣說？要是我出軌的話我幹嘛要跟妳介紹我的同事給妳認識？」

「你可以發誓你沒有騙過我？如果有只要你現在老實告訴我，我答應你，我可以原諒你，當什麼事都沒有發生……」

「沒有。我什麼時候騙過妳？以前不會，以後也不會。我只愛妳一個女人。」

穎琳緊緊地咬著下唇，表現得極度不安，每當他看到她這個樣子的時候，他平常只要緊緊地抱著她，用力吻著她嘴唇，這樣就能安撫到她的情緒。

但這次不同，他吻過她後，她卻露出空洞的眼神，他還繼續裝傻：「怎麼這個表情？」

穎琳從口袋裡拿出了一封信，他一臉疑惑地接過那封信，這封信是前幾天他違列停車時被罰的欠單。

芷燕不是幫他已經交款了嗎？她有心把罰款單寄過來給他老婆知道嗎？

「這是什麼？」穎琳問：「為什麼你會在那裡出現？」

「什麼為什麼……」正嵐一時想不到什麼藉口。

「我已經打過給你上司，那天你沒有客人要見面，那個時候你應該在公司，但你卻跟我說你要留在公司加班，你開車去哪兒？」

他腦筋一直急轉彎，裝得很正直：「沒有啦，我瞞著上司拿車去洗一洗，我又不可以讓他知道我在工作的時間跑去做私人事，怎知道不走運的給警察抓到啦。」

「上班途中拿車去洗？！黎正嵐，你別再跟我扯謊了，你的所作所為簡直讓人心寒！」

穎琳把另一個信封，大力地摔在他身上，信封裡面一張又一張的照片撒落地上。

「這……這是什麼？」

照片裡都是他跟芷燕常常去偷情約會的照片，每張照片都清楚拍得出他的樣子和別的女人出入酒店的證據。

「這些都是我請私家偵探去查你的，你的行為舉止太奇怪了……本來，本來我想給你多一次機會，只要你願意對我老實，只要你跟出面的女人斷絕關係，我以為我可以原諒你……但看著你面不改容地撒謊……夫妻之間最基本的信任感都沒有，我們還能走下去嗎……」

正嵐心都慌了，一時之間他都不知道還可以怎樣說，他跪在地上求穎琳原諒。穎琳崩潰得一巴又一巴掌打過去，他沒有反抗，讓她盡情的發洩，可是也平息不了她心裡的難受和被背叛的感覺，抱著兒子衝出門口離開了家。

剩下正嵐一個在家發呆，他的家庭因此會粉碎了嗎？

就算結局發展成這樣也是他一手做成的。

世界沒有永遠的謊言，人在做，天在看，你做過的，總有天要償還。

《想也沒想過那些表面對你很好的人，其實在背地裡不斷地拿著刀子捅向你。》

到了第二天，正嵐沒有上班，他打了好多通電話給穎琳也挽回不了她的原諒。

連續好幾天都下著傾盤大雨，就像正嵐的心情一樣，心中下著無盡的淚水……

他收到律師樓寄給他的離婚信，他知道修復不了他的家庭，他沒有了一個老婆，沒有了兒子，沒有了一個家。自己也憔悴得整個人長滿了鬚根，什麼都沒有剩下，唯獨他只想到芷燕，他還有芷燕這個對他死心塌地的女人。

他去了芷燕公司附近等她，看到她下班出門的那一刻，他衝了過去拉著芷燕，把雨傘遞給她。芷燕給他嚇到了，但很快她又回復了很平淡的樣子，冷淡地問：「你來幹什麼？」

「我來拿傘給妳了……」正嵐強裝笑臉：「我想妳啦，我來找妳不開心嗎？」

「……我們有什麼話可以說？」

「告訴妳一個好消息，我老婆終於跟我離婚啦。」

「是嗎？那又怎樣？」

「我們終於可以光明正大地在一起了！妳不開心嗎？我終於可以完完全全屬於妳了。」

「開心？在一起？」芷燕態度保持冷淡。

「怎麼啦？很高興對吧？等我辦妥離婚程序後，我們立刻去註冊！」正嵐拉著她的手臂笑著說。

「註冊？註什麼冊？誰說要跟你結婚啦？如果要結我也只會跟愛我的人結婚。」芷燕把他的手甩開。

正嵐對於芷燕這個態度感到很錯愕，說：「我就是最愛妳的人啊。」

「下？你說什麼？哈哈哈哈……」芷燕突然冷笑起來。

然後她把手伸進手袋裡，拿了一個公文袋出來，摔到他手上。

正嵐接過公文袋，慢慢打開，發現又是一大堆的照片。

這些照片都是之前他跟初一喝醉後去酒店，最震憾的是他見到自己跟半裸的初一在床上依偎在一起。

「為……為什麼會有這些照片？什麼時候拍的？！」正嵐驚訝得說話結巴。

「你還敢問我為什麼？你連我的表妹你都敢出手，你還說你愛著我？」

「不是的！這一切都是一個陷阱！是妳表妹主動勾引我的……」

「主動勾引你就要接受嗎？你根本從來都沒有真正愛過任何人，你最愛的是你自己！你不斷地傷害一個又一個真心愛著你的人，那你又有否為我們想過？黎正嵐，我曾經瘋狂地愛過你，愛得非常不理智，愛你愛得迷失了自己！別人說愛情會讓人變盲，愛得盲目……但現在，我清醒了，你老婆不要你了你才來找我，當我什麼？性伴侶？愚蠢的女人？方便的女人？哈哈，我也笑自己笨，但也笨完了。我回家也有真正愛我的男朋友，你呢？你自己好自為知吧。」

芷燕終於把她想說的通通都說出來，她把自己一直的屈悶、不甘都宣洩出來了，如今她終於真正的放手，最後拋下這句：「是否因為我太懂事，所以總是讓我委屈？」便轉身離開。

正嵐的腦裡好像有一根弦斷掉了，久久都來不了任何反應，無力地跪在地上，乘著大雨打在身上，又冷又無情，旁若無人地大聲哭喊。

他自以為是地認為自己是人生的勝利家，沒想到一個禮拜都不夠，卻失去了所有。

……

故事就這樣完結了嗎？世事哪有這麼便宜的事？

莎莎和新太在芷燕公司附近的餐廳坐著，隔著玻璃窗看完了整場鬧劇。

「這樣看著的話，也會有一點同情正嵐……」新太嘆了一口氣。

「為什麼要同情他？」莎莎不明所以。

「明明這四角關係本身都已經有問題，但現在好像只有那個男的活受罪而已。」

「哈哈，你真的是這樣想嗎？才沒有這麼簡單。」莎莎微笑地用手指著窗外的另一邊。

新太往回看，他的目光沒有放在跪在地上的正嵐，他看到芷燕卻在轉角處呆呆的愣住，站在原地。

芷燕樣子很怯場，看著前方不敢走上前一步，因為她看到她的男朋友在原地撐著雨傘，親眼看到剛剛她跟正嵐的一切。

內心非常慌張的芷燕想踏前一步，結巴地問：「寶貝，你……你怎麼在這裡？」

男朋友用嚴肅的樣子瞪著她，並對她大喊：「妳別過來！」

芷燕停住了腳步，她明白到他知道了真相了。

「你全聽到了吧？」

男朋友面無表情地看著她，雨水都打在他的臉上，已經分不出是淚水還是雨水。

「妳還有什麼話要跟我說？」

芷燕忍不住流著兩行淚水，她知道他們已經回不去了，她深深地傷害了這個男人……

她低頭搖頭。

「妳也想跟我分手了嗎？為什麼連解釋也不解釋？」男朋友委屈地問她。

「說不定我們倆打從一開始就有緣無分吧……」芷燕歉疚地看著他：「對不起，寶貝，我果然……還是沒辦法跟你在一起……」

「為什麼？我是收到妳的訊息說妳沒有帶雨傘，所以我來接妳下班，為什麼會讓我看到這些……反而妳連想要補救我們的關係的想法都沒有？！」

芷燕先是一臉愕然，很快地變回冷靜的樣子。

「我劈腿了，雖然我不是想要劈腿才劈的……一直以來你對我這麼真誠，我卻欺騙了你，那時我明白了如果我真的愛你，就應該要誠實地向你坦白這一切。但是，我做不到，因為害怕失去這一切……」

「我們一起了七年啦！大家都有犯錯過，妳坦白告訴我就可……」男朋友變得越來越不理智。

「不用再說了……透過這件事我徹底了解到……」

「了解到什麼？」

「了解到何謂『真心相待』，所以今天我想狠下心，對你放手。對不起，沒能……真誠地對待你……我希望那個真心愛你的女人總有一天，會出現的。」

芷燕哭著走到他面前，輕輕地牽起他的手。

「到時候你也一定會真心地愛她吧。這場離別只是迎接那個願意為你付出真心的女人……對不起，我對不起你……」她想對他拼命擠出笑容，但卻流下止不住的淚水。

男朋友也跟著哭起來，他別個頭，不想看到她的臉：「妳這個壞女人真殘忍……就當我從來都沒有愛過妳……」

說完後他把她的手甩開，雨傘也掉在地上，冒著大雨轉身跑走。

芷燕沒有追上去，也不敢看著他離開的身影，因為她知道這是她種的果，這是她應有的懲罰。本身以為自己學懂放開正嵐的事情，可以重投男朋友的懷抱，卻換來一天內失去了任何容身之所。

把一切看在眼內的新太露出很驚訝的表情，他看著坐在前面的莎莎很啖然的輕抿著咖啡。

他問：「是妳做的好事吧？」

莎莎才放下杯子，點頭地承認。

「可以講解一下整件事是怎樣安排的吧？」

「我就簡而短地帶過吧。第一穎琳那邊的私家偵探是我們干涉之前一早都已經存在，不關我們的事，我只是讓芷燕交錯罰款單的號碼，這樣運輸處會自然再寄一封信到他家讓他重新再交罰款；第二，初一跟他拍的假床照就為了讓芷燕完全死心，聽我們的話行動。」

「那為什麼芷燕的男朋友會出現在這？」

莎莎笑意更深：「因為我用了太空卡的電話發訊息給她男朋友，告訴她我是芷燕的同事，代芷燕轉告他今天她沒帶傘，要他來接她下班。讓他看清楚真相，總好過千言萬語地解釋。」

「……好吧，現在就算明白了事情的經過。但芷燕才是委託人吧？妳是有心這樣做吧？」

莎莎沒有回答，但表情顯得有點哀傷和內疚。

「要對同為女性的她進行復仇，讓妳很猶豫了嗎？」新太沒有再追問下去。

「不，不是那樣的。我只是想起了過去的事。」

莎莎把話題岔開，若有所思地說：「人總是喜歡承諾永遠，然而永遠也是有盡頭的。總有一天，生命會終結，愛情會用完。愛在改變，人的心也在改變。變心，改變的不是心，而是感覺。」

「兩個人，因為價值觀相同而相愛，但觀點因為差異而離開。早點決定總好過藕斷絲連，無謂繼續把錯延續下去吧？」

新太拍一拍她的頭：「就算偶爾會惘然難行，我們也會攜手對抗。我們約定了吧？」

「別再露出這個樣子了，我怕我會控制不住。」

莎莎聽得懂新太在安慰她的意思，重拾笑容輕輕把他的手撥開：「什麼控制不住？」

「控制不了我的拳頭！妳這個男人婆裝女人般柔弱，讓人很受不了。」新太開玩笑道。

「你膽敢試試看再說我男人婆？！我怎麼看都是很正點的女人！」

「對對對，最女人就是妳，最正點也是妳。」

「你安慰人的方式可以溫柔一點嗎？從來都要嘲笑我你就快樂！」

「要對你溫柔真的有點難，我從來只對女人溫柔，就是對『兄弟』欠奉了些。」

「夠！姊妹！是姊妹！」

他們一直吵吵鬧鬧的陶醉於自己的世界，以為自己一直躲在暗處觀察別人，卻不知道有一種「危險」正默默靠近……

《傷心的人不是希望別人告訴他有別的選擇，而是希望有哪個人能重燃他的愛與勇氣。》

BALDWIN

CRISIS

CHAPTER SEVEN

★★★ 第七章 ★★★

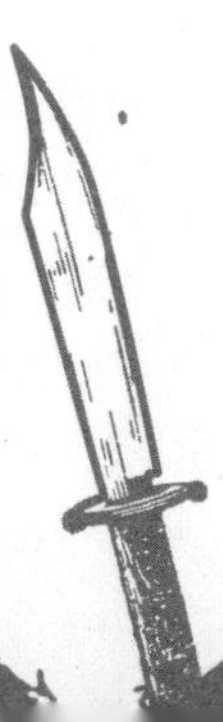

初一拖著行李從家裡出門，走上街道等去機場的巴士。

「初一！初一！不要走！我知錯了，求求妳原諒我啦！」古韋柏拉著初一的手哀求著。

「你放手！我們已經沒有什麼話好說了。」初一想用力甩開他的手。

「我跟她已經分手了！她就是一個蕩婦，見一個愛一個的賤女人罷了。始終還是妳才是最適合我的，我們重修舊好吧。」

「什麼？！重修舊好？當初我是怎樣求你不要離開我，你又是怎樣對我？現在是那個女人愛上其他人不要你啦，你說她賤？那你當初又是怎樣對我？你跟她有什麼分別？！」初一很生氣地瞪著他吼。

「嚴格來說我是唯美主義者，只是對美麗的人沒輒而已……老實說，那種顏值真的很罕見啊！」

初一聽得心都慌了，她怎麼會跟這種人一起了六年呢？

「我竟然跟你這種人……你走吧，別再丟人現眼了。」

「丟人現眼？喂，我會不了解妳嗎？妳根本就是受不了身邊沒人陪的生活，妳一定是因為跟我分手了，覺得空虛，所以妳就急著隨便找下一個，這樣很容易給渣男騙的！」

她懶得再回他的話，餘光放在馬路遠處等車來。

「以前就當是我不好，是我沒有帶眼識人，妳才是最好的，我們和好吧。」

初一深深地嘆了一口長氣：「你認真地傷害過我，我受過的傷害和痛苦，你會懂嗎？現在一句『我們和好吧』就當什麼事都沒有發生？」

「看起來正義凜然的話誰不會說？我已經努力的表示我的歉意，我無愧於心了！」

「無愧於心？！你還好意思說得出這四個字？你別再來煩我啦。」

「但都已經過了兩個多月，妳要氣都氣完啦對不對？」

「不是所有過錯都可以被原諒，時間能癒合的只是表面化的傷痛，有些心如刀絞的傷害的是多久都沒去釋懷的。」初一越說越激動：「我從痛苦、傷害、泥濘中掙扎了很久，才能慢慢走出來。我放下你了，找到新的定義了，我很喜歡這個自己，亦接受這個新的我，那是你賜給我的成長，你憑什麼現在又要掘苦我的過去，叫我原諒你？！」

「但妳是真的愛我才會這樣的痛苦，現在我都來道歉了……我們可以重頭來過嗎？」

「我才不要你的過錯來懲罰我自己！」初一怒瞪著他。

「妳怎麼可以這樣絕情呢？妳只是在跟我鬥氣對不對？」

看著他橫蠻無理的樣子，不禁翻了個白眼。

古韋柏無論怎麼樣都勸服不了她，看著她用鄙視的眼神看他，突然老羞成怒伸手狠狠推了她一把，初一給這突如其來的襲擊反應不過來，閉上眼承受撞擊的疼。

這是他第一次動手打她。

「為什麼？我都說到這個地步妳還是不能原諒我？其他男人沒一個好的，我才是真的對妳好的！為什麼妳就不懂珍惜？！妳是真的要這樣絕情嗎？！」

「你不要滿口是為了我著想！絕情的是你！！」

她話音剛落，見到他面露憂傷，然後臉色瞬間刷白，冷冽的視線朝她掃來。

初一心裡一顫，看著他那陌生的視線感到心寒，咬著牙努力地讓自己身子不要抖。

「妳無論如何都不願意跟我復合嗎？」古韋柏用冷冷的聲線問。

她意識到繼續爭辯下去也無濟於事，用力撕開他的手，拋下一句：「就算我跟任何男人在一起，也不會跟你復合的！」

隨即巴士到，她拉著行李上了車，回頭偷看了古韋柏一下，只見他站在原地，看著地板，嘴碎碎地輕輕說了一句：「妳是我的，沒有人可以得到妳……」

初一沒有理會他，再也沒有看他一眼，交談在劍拔弩張的氣氛下結束。

……

她整個人驚醒彈起床，冒了很多汗，也喘氣起來。

跟古韋柏分手了這段期間，她偶爾都會夢回最後一次跟古韋柏見面的情景。

下床後倒了一杯水給自己定驚，習慣性拿起枕頭邊的手機來查看訊息。

怎知道突然手機在手上響起來，是新太。

距離芷燕的委託到現在已經過了兩個星期，大家都沒有任務在身了，他亦很少在公事以外的時間主動打過來，所以讓她很驚訝。

她差點握不緊手裡的杯子，手忙腳亂地把杯子放好，急急忙按下接聽的按鈕。

「喂？」

「喂，是我，新太。」

「我看到來電顯示了，怎麼了？」初一故作鎮定。

「……妳今天有沒有空？」

「有啊……因為今天沒有什麼事要做所以睡到剛剛才起床，你有要事想找我嗎？」

「好啊，那妳先梳洗一下，一個小時後我在妳樓下等妳接妳。」

掛線後，初一欣喜若狂地在家裡高唱起舞，因為這是他們接吻後第二次的約會。

她精心地為了自己打扮了一下，一個小時後準時到樓下等待新太。

十分鐘、二十分鐘、半小時已經過去，還沒見到新太的出現，不由得開始慌了起來。

她打了一通又一通的電話給新太，電話是通的，但就是一直響到沒人接聽。

已經接捺不住的她開始胡思亂想，猜他會不會在路上遇到什麼意外，越亂想心就越慌，跑出了街道上急忙四處地搜著，卻依然沒有他的身影。

一邊走，心裡一邊呼喊很多遍新太的名字，慌亂得雙眼通紅。

走到了附近的公園，看到有一群人圍著什麼似的。身邊走過的路人都在說起前面發生了什麼意外，這些很像電視劇的橋段通常是圍著什麼，就代表那裡有意外發生，她很害怕不敢上前看，但更害怕圍著那裡的人會是她一直在找的人。

她一股勁兒衝上前，用力撥開人群走到最前，只見不遠處有斑斑血跡，再往前赫然是一個渾身是血的躺在地上。

初一小心地走上前，伸出手想看看他是不是新太，擔心得眼淚都要掉下來了，卻感覺有人從身後拍了她一下。

她猛然轉頭，新太安然無恙地站在她身後。

「新太……？」

初一興奮得跳進他的懷裡，把他抱得緊緊的，怎料自己失平衡伸手扯他的衣袖，卻因為沒站穩，兩人雙雙撲倒在地。

她很緊張地摸著眼前的這個人，緊張得她自己的膝蓋擦傷了也不知，反而檢查新太有沒有哪裡受傷。

新太看見她這麼緊張自己，心揪了一下：「別擔心，我沒事。」

他們雙雙站起來後，初一問：「嚇死我啦！我以為……我以為你出了什麼意外！」

「今天我忘了帶電話出門，剛巧我的車沒油了，拿去加油站。到妳家附近就看到妳慌慌張張的，所以一直跟著妳……」

「我以為那個人是你啊！！」她輕輕用眼神掃過躺著的人。

「沿途來的時候聽說是被尋仇躲命的人……有人已經報警啦，很快有救護車來，別擔心……」

初一再三確認新太安然無恙的樣子才放下心頭大石，眼淚情不自禁地奔跑出來。

新太輕輕揉了揉她的頭髮，有些手足無措，卻又無能為力，只能將她摟在懷裡，一下又一下地拍著她的肩膀，給予些安慰。

他們慢慢離開公園往外走，初一冷靜過後，問：「你今天突然找我什麼事？」

表情有點糾結的新太，不想一下子進到那個氣氛：「今天妳穿短褲腿不會很冷嗎？要不要先回家換一換衣服？」

「我不冷啊！已經是夏天了，穿短褲很正常好嗎？」

「不是呢，香港很多商店和商場的冷氣都很冷，要不然去買一點外套，生病了就不好……」

初一不喜歡他的婆媽，就知道他在扭扭捏捏，她一下子撓著新太手臂，把自己的身體都推近他：「現在這樣就不冷了，OK？」

新太明顯很尷尬：「……前面有一間壽司店，妳吃飯了嗎？要不然……」

「你就別岔開話題啦，老實說吧。」

他們一起停下了腳步，氣氛變得越來越凝重。

新太鬆開她的手，認真地看著她：「初一，請不要愛上我。」

什麼？

「不要愛上這一個無能的我。我知道妳的感情，但我無法回應妳那熾熱的感情……」

「那你上次又為什麼要吻我？！」

「那次……對不起，是我不對……」

「什麼對不起？我不是要你說對不起啊！我知道你對我也有感覺的，為什麼我們就不行？為什麼啦？」

「我……不是一個好人。」

「那已經是過去的事啦！我知道你自從上次的女朋友出事以後，你就沒有再亂搞男女關係，這代表你是真的知道什麼是愛。」

「就如同妳所說，我還未放低過去……」新太繼續：「妳一定要和妳最愛的人交往，然後過著相愛的生活。別勉強自己跟自己不喜歡的人在一起，特別是心中有別人的話，就更是萬萬不能……」

「別要一個個都跟我說為我好的話！如果是真的為我好，那你應該知道我最想要什麼？什麼才是對我最好。」

「為什麼要是我？妳明明有更多更好的選擧，不用糾纏於我……」

「感覺的事情可以解釋的嗎？愛一個人，是說感覺的。第一次見你的時候就已經感覺對了，難到你對我就沒有相同的感覺嗎？」

「但我……不能跟妳在一起，妳的身影跟過去的影子重疊，這樣我也我不會原諒自己……」

初一用手輕輕撫著他的臉：「為了得到你的愛，我可以付出，可以犧牲。但是即使追悔過去仍然會重複犯錯？犯錯以後設法跨越障礙不就行了嗎？單純的不安，複雜的未來，究竟你在害怕什麼？不要再糾結過去了，跟我攜手共度將來不行嗎？」

「你內心深處最渴望的東西……說說看是什麼吧。」

新太的內心慢慢給初一的溫柔軟化，此時景川的回憶湧現……他總覺得凌初一給他一種和北景川很相類似的感覺，是當初他人生第一次遇見一見鍾情的感覺，有一種只想對她一心一意，想保護她、愛惜她的感覺。但很快這些感覺都讓景川離去的景像回憶粉碎，讓他瞬間醒過來。

他推開初一，讓他們之間保持距離：「我沒有喜歡過妳，我喜歡的是我前度，我對妳的感覺只是覺得妳和她有點像。我本來以為跟妳相處多點就能忘掉她……明明心有所屬，卻還把妳當做她的替代品，這豈不是在把自己的傷痛，轉移到別人身上嗎？」

他再後補一句：「別要對我有期待，我不想我們之間產生任何感情。」

初一強忍淚水，難以置信地問：「這是你的真心話嗎？」

「是的。」新太雖有點遲疑，但很快轉用確定的眼神回答：「愛不是委曲求全就能得到的東西，我真心希望妳可以幸福，這也是我的意願。」

「我可以一直等你嗎？無論到什麼時候，我都會在原地等你……」

新太靜了很久沒有回話，他默默地握緊拳頭。

她低下頭，最後還強裝笑臉：「希望每個被傷害的人的傷能結痂，也希望曾經傷害過人的人，能真心的彌補。如果能做到這樣，一切都會否極泰來。」

謝謝你出現過我的生活裡。

謝謝你讓我知道我的愛沒有逝去，讓我重新愛一個人時的感覺。

謝謝你真誠的面對我的感情並勇敢地拒絕我。

我的愛真真正正存在過，我也真真正正地愛過你。

這是初一心裡所有的感受，她不怪他也不恨他，因為她知道勉強的愛情沒有幸福。

然後，她便轉身離開。

她背對著新太離開，這時她才懂得灑下淚。

《無論現在你做的事情多有意義，被過去束縛著的人是不會快樂。》

＊北景川－請參閱《罪愛》的女配角

乾一杯酒吧。

新太獨自在喝悶酒，有一位美女主動上前搭話：「嗨，一個人嗎？」

新太朝她看一眼，態度很漠然，沒有理會她繼續喝酒。

「我也是一個人喔，不然我們一起玩玩吧。」美女沒有放棄，再嘗試挑逗。

「玩什麼啊？我也是一個人，一起玩吧！」莎莎突然從後說。

美女嚇了一跳退後了一步，新太終於開口：「妳來了？」

美女看到原來她們認識，非常不滿地走開。

「怎麼自己一個喝悶酒啦？」莎莎坐在新太旁邊，把他手上的酒搶過來。

「妳為什麼來了？我又沒有叫妳來？」新太明顯有點醉醺醺的。

「是阿賢（酒吧的相熟酒保）發訊息給我啦，說你自己一個喝悶酒，還點了一杯又一杯的，怕你發酒瘋不懂怎樣回家。」

「真多事。」

「夠啦，不要再喝啦！」

「別管我啦。」他搶回莎莎手中的酒杯。

「好啊！你要喝得爛醉如泥嘛？我陪你喝！阿賢，來一打龍舌蘭！」

「別胡鬧啦……阿賢別理她。」他搶回莎莎手中的酒杯：「妳呢？沒有跟男人約會嗎？」

「一早當了絕緣體很久了……的確是有一個不錯的男性可以考慮，但要我再次愛上別人是不可能的。縱使關係再好，他在我心中的位置一直都是可愛的小弟弟，要我虛假的迎合他是不會幸福。」

新太明白莎莎也有她自己的煩惱，無聲彷有聲地和她碰杯。

「輪到你說說發生什麼事。」莎莎問。

新太打開他的皮夾，拿出一張以前他跟北景川的合照出來：「照片裡的我看起來真幸福，拍照的時候明風又大，吹到頭都痛，慘到爆……現實果然是殘酷的。」

「為什麼突然提起她？你現在不是跟初一蜜運嗎？」

「妳知道了嗎？」

「那傻丫頭喜歡你的樣子都非常明顯啦，所有人都能看得出。但最重要的是你啊！你是怎樣想的？」

「我拒絕她了。」

「什麼？怎樣拒絕的？」

「直接面對面地說了一些很傷人的話，但這其實都不是我的真心想說……」

「天啊！你是怎樣想的？」莎莎眼一瞪，腰一叉表示不滿。

「每當跟她待在一起，兩個人獨處，看著什麼都不懂的她，跟我開玩笑的時候，跟我生氣的樣子，告訴我這個才是真正的她。我好幾次都考慮要繼續或是放棄，猶豫不決。妳們不懂，那樣的我有多痛苦……」新太表情很糾結。

「如果你是對她有感覺，為什麼不嘗試看看！有什麼好顧慮？」

「不是有人說跟真心所愛的人，應該要當朋友，而非情人嗎？這句話可能有點陳腔濫調，但要交往十年，十五年，容易嗎？如果年紀還小就在一起的，等到畢業的畢業，升學的升學，工作的工作，最後卻很無言地分手，那有什麼用呢？」

「耐心地等待彼此更成熟，方向一致的話不行嗎？」

「不只是這個問題……可能這些都是我的報應，只要我真心喜歡上的女人，都不會有好下場……我不想害她。」新太勉強擠出笑容。

莎莎看到新太這個模樣，明白到他對曾經的傷痛還有餘溫。

「如果真的有緣的話，總有一天一定有機會再走在一起的。」

她拍拍他的肩膀安慰著：「兄弟，我懂。無論怎樣，我都會在你身邊。」

……

另一邊廂，傷心的初一本來打扮得漂漂亮亮的去約會，最後卻像失去靈魂般在家附近遊離浪蕩，漫無目的走著走著。

難堪的她疾步走著，沒有注意到前面的路在修路中，忽然一腳踩空，整個人差點滾了下去。

「小心！！」一把熟悉的聲音傳了出來。

她扭頭一看，卻見到他不知何時站在自己身後。

「你怎麼會在這？！」初一驚慌地問。

是古韋柏！

他笑了笑，沒再多說什麼。

她一愣，瞬間反應過來：「你來幹什麼？」

「兩人久違相見，不應該兩眼淚汪地敘著舊情嗎？」他終於開口。

「你為什麼在這？！」初一警惕著。

「那個男的拒絕妳了吧？」

「你在跟蹤我？！你究竟想怎樣？！」

「我來見妳啦，我很想妳……」

「我沒有話要跟你說。現在看到了，可以滾了！」初一甩頭轉身想離開。

古柏紅了眼睛，臉容開始扭曲：「媽的！」

他整個人撲了上去，用手臂從後勒著她的脖子。

「我身上可是有刀喔，妳敢叫試試看，我就直接在妳的臉上作畫。」

「！！！」初一雖然很害怕，但也不敢亂動。

「真乖啊……這樣才棒。」

他把她拉到平時煙稀人少的後巷裡。

「你……已經變成這種人了嗎？」

「呵呵，幹嗎這樣？妳不是很喜歡這種刺激的嗎？」古韋柏笑得非常陰險：「妳很懷念吧？以前我跟妳多纏綿……」

古韋柏在初一的耳垂下呼氣，發出變態的邪笑聲。

初一雙眼通紅，掙扎不了。

「住手吧……我知道你不是這種人……」初一求饒著。

「住口！這都是因為妳啊！都是妳害我變成這樣！」

初一不敢猛力地反抗，咬著唇苦苦地哭喊。

「別這個樣子嘛……我可是等了很久啊……」古韋柏一邊喘著氣，一邊低鳴著，雙手不忙地探索她全身。

「你怎麼可以這樣對我……怎麼可以……」

聽到她求救的聲音，看到她雙眼顆顆落淚的她，就像在無聲吶喊。

他緊緊地抱住初一的後背，頭緊緊的貼在她的肩上，初一感覺到一滴淚滑落脖頸。

還沒等回頭，便被嚴嚴實實的捂著鼻嘴，想發力掙扎，卻被抱得沒法動彈。

她拚命的想嘶叫，他卻用虎口杈著她細嫩的脖子，她很害怕被他掐死，瞪大眼睛瞧著古韋柏，眼裡滿是驚慌可憐的神情。

「妳乖乖聽話，我帶妳去一個好地方，讓妳認清現實。」古韋柏說。

初一全身發抖，他完全就像一頭惡夢中的怪物，她逃到哪、他就追到哪。

不管是在夢中，還是現實中。

他把她拖到他的車上，開車逃去……

他一邊開著車，另外一隻手在打了一個短訊：「It's show time!」

然後開懷大笑地開車走，前往他的目的地……

莎莎和新太從乾一杯門口出來，正打算各自截的士回家時，莎莎的手機收到了一個不知名的號碼發過來的訊息。

「親愛的ROL，你們好事做多了，現在我來回報你們了。今晚凌晨十二點，到我指定的地址來，記住，只要妳一個人來，身邊不要有多餘的其他人，否則我不擔保她有什麼損傷。」

然後再來一張照片，是初一！初一的口給毛巾賭住啦，還被綑綁著！

莎莎臉色突然刷白了一下，新太有注意到莎莎的反應有點奇怪，開口問：「誰啊？」

「沒……沒有啊，只是一個舊朋友發過來說很久不見而已，想見個面而已……」

「妳這個人還有什麼朋友的嗎？哪個朋友是我不認識的？」

「哎呀，你就別多管閒事，快點回家！」

莎莎把新太推上的士，正準備關門之際，新太一手抓著莎莎的手腕：「不管是兄弟還是姊妹，我一直都在。」

莎莎看著他誠懇的樣子，幽幽地微笑：「嗯，我知道的。」

就這樣把新太送走後，她在後面又擱下另一輛的士上車。

「司機，荔枝角道東京街交界。」

《曾經每晚睡在你身旁的枕邊人，為何現在四目交投都會尷尬？》

Beauty

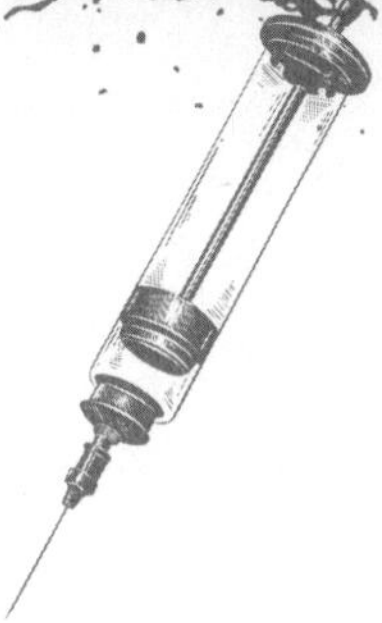

AVENGE

CHAPTER EIGHT

★ ★ ★ 第八章 ★ ★ ★

CHAPTER EIGHT 第八章 AVENGE

這裡是香港從一九九九年開始空置了很久的廢墟，長沙灣屠場。

屠場建築物因結構問題而不能作其他短期用途，又不能出租使用，內部基本完全空置，只留下大型的屠宰機器。

空洞的屠場樓底很高，有著貫穿兩層的重型機器荒廢著，整個地方都佈滿著荒涼的氣氛。

莎莎戰戰兢兢地走入樓層裡，她有回撥電話號碼，也料到是太空卡，找不到原犯。

「出來吧！我已經來啦！」莎莎對著空曠的四周大叫。

突然有一隻手抓著她的肩膀，她下意識尖叫，想用盡氣力將對方推出去，反而被背後的人抓緊她的手腕。

莎莎抬頭一看，是一個熟悉又陌生的臉孔，她想慌張地甩開他的手，但怎樣也不夠男生力氣大。

「是你！？古韋柏！」

「噢？妳記得我啦？那倒也是，怎麼說妳都是一個隊長，有什麼資訊妳是查不了、料不到呢？」

「你想怎樣？！你把初一捉到哪裡？！」莎莎狠狠地瞪著他看。

古韋柏靜靜地看著她，眼神微微一眯，忽然掐住她的脖子往後推去，用只有他們兩個人能聽到的聲音說：「自己都還沒顧好，又再想當大姊頭照顧別人嗎？」

莎莎給他掐得呼吸困難，拼命地拉開他的手，跟他比力氣。

「哈哈哈哈！這勇敢的眼神，真讓人欲罷不能！」古韋柏魔性地大笑著，然後湊近莎莎臉前說：「這眼神轉變成絕望的瞬間，因痛苦而扭曲的臉，會是怎樣的情景呢？哈哈哈哈哈！」

「人渣！」

他勃然大怒地往她的肚子拳揮打過去，把她打到黃膽水都吐出來，蹲在地上叫苦連天。古韋柏他順手一推，直接把她推倒在地上。

「妳這麼厲害，又能料到初一現在在哪呢？不知道吧？讓我告訴妳。」

話音剛落，二樓的樓層一匹很大的布蓋著的重型機器散落，看到初一正被綁在其中一條柱子上。

「初一！！！」莎莎大聲叫呼喊著。

初一朦朧地睜開雙眼，看似全身都沒有力氣，連再大聲一點地話語也叫不出來。

隨即初一身後多了一個人影出來……

「黎正嵐？！」

「原來妳就是主謀，失敬失敬！隊長原來也是一個大美人，難怪也可以把妳的隊員都調教得這麼出色。」

正嵐險惡地用力托著初一的下巴說。

「放開我……」初一有氣無力地命令著。

「臭婊子！別對我下命令！妳知道妳將會是怎樣的下場嗎？！」正嵐揪著初一的頭髮，瘋了似的一聲喝罵。

他把初一的裙子掀起來，絲襪內褲全部暴露在大家眼前，初一羞愧得緊閉大腿。

「停手啊！我叫你停手！！」莎莎想上前阻止他，卻被古韋柏從後環勒著她的脖子，不讓她前進。

「上次我在酒店房醉醺醺的，都忘掉有好事發生過，現在換我餵妳嗑了藥，妳就乖乖地讓我延續上次接下來要幹的事吧。」

他鬆開初一的繩子把她按在地上，整個身體壓上去不讓她動。他把手伸進了她的衣服裡面，讚嘆著說：「妳的皮膚好嫩滑啊！」

初一因為受了藥的影響，甩頭扭腰急欲掙脫他的擁抱，兩人就在赤涼骯髒地板上糾纏。

她害怕得猛力搖頭示意他停止，但似乎更激發他的獸性，用舌頭舔她的眼瞼，口中不斷說著：「妳真的很漂亮，我早已渴望和妳幹這回事，我連發夢都會夢到早晚要跟妳大戰一輪，每晚都想著怎樣要折磨妳，想不到今天終能如願以償。」

「就是妳讓我家破人亡，就是妳讓我什麼都沒有！！一切都是妳們的錯！！」

他已失控了，兩眼發紅地看著初一，已經聽不進她含混不清的哀求聲。

莎莎把一切看在眼裡，卻即使叫破喉嚨也阻止不了正嵐的瘋狂行為，緊緊地咬著牙把嘴唇都咬出血。

「怎麼了？妳不是很想當英雄嗎？妳不是很正義的嗎？」古韋柏冷嘲熱諷。

「你究竟想怎樣？！不關初一的事！你有什麼仇恨可以往我身上發洩！快點放開她！」

「妳放心，妳都不會太好過，妳們這麼喜歡逞威風，為人伸張正義，誤以為自己可以隨意左右他人的情感……現在也應要為自己所作所為付上後果罷了。」

「初一怎麼說都是你的前度女朋友來的，你怎麼可以這樣對她？」

「我這樣對她？！妳又不問問她怎樣對我？！」古韋柏激動地說：「我都這樣求她了，她還對我這麼狠心，那種鄙視的眼神多傷我的心？對付這樣絕情的女人不需要心軟，既然她這麼喜歡男人，有我一個都不夠，就讓她試夠千個百個男人吧！這種賤貨，哈哈哈哈！」

「明明是你先做錯，憑什麼恨別人？！」

「不不不，其實我最恨的不是她……是妳，白莎莎。我當初那個純樸又專一的初一，不是因為遇到妳，不是因為妳唆擺她，她會變成這個不倫不類的女人嗎？就是因為妳這個自以為正義的人，才讓她今天得到如此下場！要怪，就怪妳。」他用陰險萬分的眼神冷漠地凝視著莎莎。

憤怒帶著不甘的莎莎扭頭瞧著他看，她不想跟他再用語言來溝通，因為根本溝通不了。

「妳的眼神好像問我，我是怎麼知道妳們 ROL 的存在？怎麼知道得這麼清楚，是嗎？」

莎莎一臉錯愕地看著他，對！究竟他是怎麼清楚知道他們的行蹤？

「哈哈哈哈哈哈哈！瞧妳的眼神真的把我逗透了！算我好心，就告訴妳真相吧。」

說完他捏著莎莎下巴，把她的臉往左邊扭過一點，看到有另外一個人在柱子後慢慢走出來。

莎莎瞬間驚訝得冒不出聲來……

是守禮。

守禮沒有正視莎莎，把臉轉個一邊去。

「怎麼樣？給自己最親的人背叛有什麼感覺？哈哈哈哈。」古韋柏笑得很開懷：「當初我去找初一復合，居然會給我碰到妳在買人為妳辦事。拜託妳就別這麼幼稚，妳懂得用錢去收買別人，別人也會懂得為錢幫其他人做事！」

莎莎用不敢置信的眼神看著守禮，守禮還是沒有看她一眼。

應該說，他根本不敢正視她。

古韋柏繼續：「這個傻小子，當初答應為我辦事，把妳們的行蹤都告訴我，但唯一一個要求就是，叫我不可以傷害妳！妳看，妳得到了這個傻小子的心，但卻沒有好好回報他人的感情。報報報！只是一味的幫別人報仇，妳會懂得對別人報恩嗎？」

「既然妳都拒絕了他的心意，那對他來說，妳也什麼都不是。妳跟那個賤人一樣，應該有報應的都是在妳們身上才對。」

「但首先我們一起觀看妳最好的朋友給人蹂躪的好戲上演先。」

這時看著正嵐跨坐在初一身上，把初一的襯衫脫掉，剩下內衣暴露在空氣。

「是否很有感覺？妳的表情出賣了妳啊！」正嵐興奮地說。

初一因為藥物的影響，多不情不願也沒有力氣掙脫得到，只能一直泛著紅臉，擺動身體。

「臭婊子，我現在是要強姦妳，不是給妳舒服！」說完他掌摑了她一巴掌。

「饒了我吧……不要做這種事了……嗚……」初一淚流滿面哀求著他。

正嵐怕她叫得太大聲，伸手按住她的唇，把她哭著慘叫的聲音變成無奈的嗚咽。

莎莎看得形勢不對，顧不得自己奮力掙脫古韋柏的抓牢，想用反方向的力扭開他的手。

古韋柏見到她正用力反抗，便開始發動攻擊，一手把莎莎按在地上。她嘗試擺脫他，但他把自己整個身子壓在她背上，把她雙手從後捉著，拿出一條繩子把她雙手反縛。

莎莎的雙手已不能動，嘗試在地上滾到另一邊站起來逃跑，但卻給守禮一手把隻她的腰捉緊，整個人給抱得縣空，腳不著地。

「想走？臭三八！別讓我動怒起來打死妳！」古韋柏有點給激怒。

守禮把抱著她纖腰的粗手放開，換轉古韋柏過來抓著她的頭髮，把她的頭向牆上撞了幾下。

「嗚……痛啊……」莎莎痛苦的仰起頭，發出悲叫聲。

他當然沒有理會已泣不成聲的莎莎。

覺得很滿足的古韋柏正豪放大笑，現在的情況就是他處心積慮很久的情景。

等待古韋柏鬆懈之際，突然在二樓遠處有一聲巨響，就是有兩樓層高的重型機械其中一個掛式零件跌了下來。

古韋柏和正嵐的專注力被轉移到那機械上，突然有人從後方一腳踢向正嵐的後腦，踢走壓在初一身上的正嵐。

初一朦朧地看到是新太的身影：「新太！」

新太把他的外套大衣脫下來，披在初一身上。

「後面！小心……」初一用盡全力大聲警告背著敵人的新太。

新太迅速站起來往外滾走，幸好正正躲開正嵐拿著刀子的攻擊。

「滾開！別壞我好事！！」正嵐像瘋子般亂揮動著刀子。

正嵐攻擊的對象是他，他機警地跟他保持距離，把他引開初一的身邊，生怕會誤傷到她。

逮捕了一個好位置，新太出奇不意地蹲下大力地來一個掃腿，把正嵐整個失平衡地摔倒在地上。他撲上去壓著正嵐，把他的刀子踢掉，重重地給他來一拳又一拳，弱不禁風的他很快地捱不住新太的攻擊，撐不了一分鐘便昏倒了。

他確認了他已經真的昏迷，立刻跑到初一身邊去看看她的狀況，初一還是神情有點迷迷糊糊的，突然還流鼻血。

新太非常緊張，正當慌忙之際，他看到古韋柏扯著莎莎的頭髮和守禮跑走，想逃離這裡。

他沒有辦法留下初一不顧，但又不可以眼白白看著他逃掉。

「……新太，別介意我，快點去追……快點去救莎……」初一氣弱如絲地說。

「我不可以丟下妳不顧！」新太很焦急。

「我沒問題……快點去，我等你回來……」

新太還在猶豫不決。

「快……我會等你的……」

「好！妳要等我！我很快會回來！我一定很快會回來！等我！」

初一點點頭微笑地看著他。

新太溫柔地安放她靠在一邊，然後拔腿追趕上古韋柏。

《當太愛一個人的時候，就是他做什麼都介意，但卻又什麼都能原諒。》

新太追著古韋柏去到屠場頂樓，守禮和古韋柏已經站在縫崖邊，莎莎跪在地上，頭髮給古韋柏牢牢拉揪著。

「真要讚賞你能追到這裡！多虧了你，讓事情發展得這麼高峰。」古韋柏得意地說。

「你跑不掉的，快放開她吧。」新太說。

「我不是警告過妳只有妳一個來，不可以跟其他人說嗎？妳怎麼可以出爾反爾？」他瞪著莎莎問。

「不關她的事，是我看到她收到你的訊息臉色突然刷白，總覺得有什麼異樣出什麼事，才自己決定跟蹤她的。」新太怕他再為難莎莎。

「噢，是嗎？其實現在是你應該要到的地方嗎？你深愛的女人正慢性中毒，很快就會沒命了。現在你是選擇了友情，不要愛情了嗎？還是……這邊才是你的愛情呢？」

「中毒？！你給她服了什麼毒？！」新太怒吼。

「哈哈哈，我會這麼笨告訴你？瞧你們這張骯髒齷齪的樣子，自以為是伸張正義，卻只是漠視別人的感受！」

「是你這些先背叛別人該說的話嗎？你才是真正的忽視別人的混帳！」莎莎不屈地揶揄他。

古韋柏噗嗤一聲笑了出來：「現今的世道容不得安分守己的人，你不犯人，人也會去犯你的。這有什麼好埋怨的？」

「好啦，我現在給你兩個選擇，你二選一。一、是我手上這瓶解藥，現在你趕回去應該還能救到初一；二、就是留在這裡，用這把刀，往自己另外一條手臂刺下去，我就會放了她。」他指著莎莎威脅道，然後丟出一把刀子踢到新太面前。

新太低頭看一看刀子，再抬頭沉默，他根本選擇不了。他不是貪心怕死，只是他知道救得了莎莎，也來不及去救初一……

應該怎麼辦？！可惡！！

「怎麼樣？再這樣耗時間兩邊都救不了啦！」

「我可以親身幫他做這件事嗎？」守禮突然插嘴道：「我恨他，他一直圍在我附近，擺佔別人的心，想奪去我的位置，我一早看他不順眼了。」

「哈哈哈哈，對啊！一山不能藏二虎！好啊！你選擇不了就讓我們幫你選了咯。」古韋柏邪惡地笑。

守禮踏出一步，終於正面跟新太對視，他慢慢靠近新太旁邊，把他腳下的刀子撿起來。

他堅定地看著新太，新太也沒有閃縮，看著他眼神沒有閃躲。

「別怪我，兄弟。」守禮背對著古韋柏一手把刀子往前刺過去。

「不要！！！」莎莎大叫。

看見滴滴血斑灑出在地上，新太跟著也跪上，沒有特別的掙扎，只見血水慢慢滲透出來。

古韋柏笑得更興奮，他放開了莎莎的頭髮，慢慢走到新太身邊近距離觀賞這情景。

「哈哈哈，好像看到一套家庭內鬥劇集般精彩。活該，誰叫你跟我搶女人！哈哈哈。」

豈料守禮突然繞到他身邊，從後箍著古韋柏的脖子，迅速在他的口袋裡拿下解藥，丟給在地上的新太。

「快點拿去救初一！這裡交給我！快點！」

新太按著傷口，快速拿下了解藥，篤定地看一看守禮。確認了守禮的眼神，拋下一句：「靠你啦！守禮！」然後轉身跑走。

「你不是刺傷他了嗎？」古韋柏掙扎著問。

「刺人都要看力度的，我看似真的要把人置於死地嗎？情願刀峰向你，也不會向著一個把我當兄弟的人！」

「騙人果然是你的天賦……你這個叛徒！」

「就算我是叛徒，也是一個有人性的叛徒！才不會像你般人渣，得不到也要害死前度！」

古韋柏一手跟他比力氣，另一手偷偷地伸進衣袋裡，拿出了另外一把刀。

他想轉身揮刀砍向守禮，莎莎整個人飛撲上去把他們撞開，守禮躲開了這一刀，卻換來自己的手肘給刀劃傷。

守禮看見莎莎受傷，怒火中燒，古韋柏想逃走，給守禮快速地撲倒在地上，身形比較健碩的他很快便把古韋柏制服。

手掙用力地往他的後頸批下，讓他短暫昏迷。

莎莎渾身的力氣都用在剛剛那股衝勁裡，一泄氣，癱軟得都站不住腳，守禮立刻上前扶著她。

莎莎甩開他的手，陷入沉思。

「對不起……」守禮歉疚地一邊道歉，一邊用刀子把綑著她雙手的繩子割斷。

「你是因為錢而出賣我們，還是當初你是因為我拒絕你了所以來向我復仇嗎？」

「……無疑我是心有埋怨。當初我都是為錢做事的人，但認識妳之後，我知道不是所有事都可以用錢去衡量，最少信任是買不到的。」

「如果你有什麼不滿你可以直接跟我說，但你卻把大家都拉扯進來，值得嗎？」

「我以為可以在妳身上找到愛，找到另外一種我想珍惜的。妳卻忽略了我，讓我生恨。但現在我很後悔……不是真的想讓你們受到這樣的對待，我只是把大家的行蹤告訴他，沒有想過會發展成這樣……」

話音剛落，莎莎第一次在守禮面前流下淚水。

「終於看到妳哭了……妳總是強忍不讓眼淚流下來，從來只會勉強自己，其實，做自己就好了。因為我喜歡妳的笑容。為了復仇，已經付出了太多……」

莎莎抓著守禮的衣領，嚎啕大哭。

「我……已經無法再相信你了。」

「對不起……如果我就此消失，妳說不定還能夠忘卻這些痛苦的事……」守禮也不禁流淚：「都是因為我太奢求了，這一生，我都無法原諒自己。」

「事已至此，我也沒有資格接近妳了。」

……

新太飛快地跑回初一身邊，扶起她餵下解藥。

初一喝下解藥後身體得到了紓解，稍為開始微微地變得精神，一睜開眼看到新太的右手在流血了，徬徨無助：「你怎麼了？為什麼受傷啦？！」

「我……我不行了……」新太痛苦地斷斷續續。

「什麼不行？沒有不行！不準亂說話！」

「以後，妳要……好好保護……自己……」

「不要！我不要自己一個！沒有你沒有人保護我！你不可以有事的！不可以！」初一急得哭出來。

正當她慌亂無策之際，忽然看見他睜開眼睛，一臉壞笑地看著她。

得知新太在騙她，氣得舉起拳頭捶著他的胸膛，卻被他一把拉入懷。

「好了，是我的錯，不該嚇妳，不哭了，好嗎？」

初一忍不住舉起拳頭捶著他胸口：「你的傷……流了很多血呢！」

新太捉住她的手：「初一，先聽我說，今天中午，我叫妳忘了我。但經過今夜，我終於明白我心裡的感受。是我太軟弱，我一直在思考我們的相遇極其平凡又常見，然而……為什麼會越陷越深呢？兩個人沒有保障會一生都在一起，但是人的心，不會走固定路線的。」

「但我終於想通了，最重要的是現在這瞬間，這感情不是嗎？如果說現在的感情是真實的話，那以後發生的事情，那之後再去想也是沒關係的。」

初一聲淚俱下：「其實跟你相處，很開心，很滿足。但其實我根本不夠懂你，我還覺得你無所不缺，什麼都會，什麼都有。那，為什麼還要懲罰自己呢？沒有仔細了解你的過去、傷痛，大概是理所當然地認為自己過去的感情傷痛比較特別，以為你一定能理解我……」

「謝謝你跟我說出你的心聲，對不起，因為我沒經歷過那種失去，雖然我知道今天跟你告白，你拒絕我的理由，但卻沒辦法打從心底裡理解你的想法……所以……我們在這過程中慢慢了解對方吧！讓我們更能明白對方的感受。」

「不管我變成什麼樣子，妳都喜歡嗎？」新太笑著問：「即使我右手廢了，以後妳會照顧我嗎？」

「我會用上我下半生來陪伴你、照顧你。」初一愜意地回答。

沒有華麗報置、沒有鮮花玫瑰、沒有世紀台詞、沒有背景音樂，一個衣衫不整，一個滿身血跡。

但這刻的他們卻感到心靈無比的一致、情投意合。

兩個人狼狽地面面相覷，不約而同地笑出聲來。

「一直都不懂妳的心，是我太不爭氣，太懦弱，像個白痴一樣，只會讓妳受到傷害，對不起，但是我……沒辦法放棄，我一定要留住妳……」新太把她緊緊地擁在懷裡。

初一揮拳鎚向他胸口，淚如泉湧：「你若不離、我定不棄。」

新太很感激讓他重拾對愛情的信心的這個女人，唯一能做的就是好好愛她。

他輕輕地撫著她臉龐，情深地吻下去。

「謝謝妳愛我。」

《就算再怎麼喜歡你，你不主動，我也寧願錯過。》

RESTART

CHAPTER NINE

★★★ 第九章 ★★★

新太跟著莎莎來到長沙灣屠場的時候，看見古韋柏脅持著大家時早已報了警。警察後來趕到，守禮把古韋柏和黎正嵐都交給警方，莎莎、新太和初一都被送到醫院留醫。

第二天，守禮去醫院探望莎莎，一進病房裡，莎莎看到他戰戰競競，主動問：「你是來探病？還是來道歉？」

「我是來想跟妳說一些事，之後去跟初一去道歉……」

「還是不要吧。你直接面對面再向她致歉又能如何？只是讓你自己心中好過一點。」莎莎說話不留情面：「有些人會因為過去的事情做成陰影，不能抹掉。初一一輩子最痛恨別人背叛，所以不要做出那種只為了讓自己好過一點，卻會讓別人難過的事。」

「我……我並不是想要那樣……」他吞吞吐吐。

「對於自己做出的事，已經發生的事，不要刻意將其正當化或醜化，靜靜地在旁守候就行。如果你對此事有什麼想法，不要停止思考。這世界上的事，是不會像童話一樣有完美結局的。」

他久久都沒有回話，因為他不知道自己可以怎樣回應。

「你是來探病的吧？」她譏諷著：「我沒什麼事，只是皮外傷。都怪我自作自受啦，夜路走多了，終於遭到報應。」

「我……有些話想跟妳說。為什麼，是妳。」

什麼為什麼？

「從我在紐約認識妳開始，妳讓我想起一些幾乎快忘掉的事。小時候我其實蠻胖的，那是一段好痛苦的時光。後來我是靠打扮和運動，變得開始有人緣。」他繼續說：「以前我跟家人相處得很融洽快樂，我以為父母也很喜歡我。」

「為什麼突然說這些？」

「直到有天，我發現他們變得開始不喜歡我，不再像以前那樣對我好。」

「……」

「我在想什麼時候開始變成這樣呢？父母常常吵架之外，也沒有再關心過我，讓我在家裡很沒有依靠。我也在長大的過程中才漸漸明白，原來我的存在，會妨礙到他們的幸福。有時候他們吵得我連有家也歸不得。」

「說到底，人都是孤獨的。所以我拼了命的讓每個人都喜歡我。用甜言蜜語迎合大家，找一個又一個的備胎，這樣就算有誰離開我，也不會覺得寂寞，我想我真正愛的，只有我自己吧。」

「你從未真正的愛上過任何人嗎？」莎莎問。

「妳是個真正的好女孩，雖然妳看似堅強要狠，但只是妳太溫柔，所以內心很脆弱。妳在武裝妳自己，但妳的內心都是充滿愛。讓我變得好想成為被妳依賴的人，待在妳身邊，會讓我覺得自己並沒有那麼糟糕。不過，已經不再重要了……」他用手托著額頭，掩蓋雙眼。

「明明妳令我認識了大家，給我感受到恍似家庭的溫暖，但卻因為我的不甘，這難得的關係就這樣掰了。」

其實要聽一個男人真心認錯的心底話，也需要很大的勇氣。

「從我拒絕了你的那天後，我時常在問自己，真摯的愛究竟是什麼？是不斷地對某個陌生而難解的東西賦予意義嗎？」莎莎幽幽地說：「人類好多時都會為小小的不幸而不停地侵蝕自己，悔恨就這樣從微不足道的事情當中萌芽。雖然很多人都會走不出過去的陰霾，但只要把先入為主的觀念捨棄掉，或許就能好好地活下去。」

「妳，曾經有一點喜歡過我嗎？」

莎莎猶豫了一下：「有啊。但我跟你，是時間上的錯誤。我亦因為過去，認為愛如同短暫的夢，隨著時間的流逝，思念和心痛逐漸麻木，在我能笑著回憶過去的時候……才是我能重拾愛情的時刻吧。」

他忍不住在莎莎面前流下男兒淚。

「都是我的錯，都是因為我的自私，才會又帶給妳一個創傷……」

「人人都可能做出後悔的行動，重要的是，經過時間流逝，那個令人後悔的行動有否深深烙印在心上？」

「……什麼意思？」

莎莎打圓場地說：「先生，你現在比較喜歡自己了嗎？」

「你可能不記得了吧？」她拭著眼淚說：「那時候在紐約酒館附近，看到你每天都陪著不同的女生出入，直到有一天我看到你在酒館後巷喝到爛醉如泥地躺在地上，我上前把你扶起，你說你很討厭自己，你說你想消失，你說你沒有家可以回去……所以我把你接回家休養，最後更邀請你加入我們。」

「雖然這麼久以來，你都沒告訴我原因……」她繼續：「我希望現在的你，答案會有所不同。」

「妳就是這樣的人，是個我承擔不起的好人。」守禮咽著喉感激地苦笑著。
有時不得不接受，某些事不管再怎麼努力，都不會有任何用處。
而我們總是必須在意想不到的時刻，面對這找上門來的殘酷現實。

《假如沒有遇見你，我仍然在強顏歡笑，你那清澈的眼神，彷彿能看透我的真心。》

過了一個月，香港國際機場大堂一樓，一間餐廳裡面。
「滴答、滴答、滴答……」莎莎一邊低頭看著手錶，一邊在滑手機。
她沒有帶著行李，只有隨身攜帶一個輕便手袋和手上一杯咖啡。
「妳的行李就只有這些嗎？」一把熟悉的聲音從後傳來。
莎莎回頭看著這個熟悉的人影，問：「你是怎麼得知的？」

「就是輾轉得知的。」新太輕描淡寫地回答：「不告訴我真不夠義氣，起碼讓我送妳到機場嘛。」

「就是不想讓你送機才不告訴你啦。」

「倘若只是去旅行的話，還由得妳。妳覺得這次妳是要多久才會回來呢？」

她笑了。

「先不要告訴我好了，這樣我就可以期待再接妳機。」

「那可真是明智的想法啊。」莎莎赫然浮上一股空虛感。

「沒有辦法，像我這種感情太過濃烈的人總會這樣，如果眼裡只有愛情，看到愛情比自己更重要。還是要多出去走走，才不會讓自己生活在狹隘之中啊！」

「妳還會為 ROL 辦事嗎？」

莎莎沒有擰頭，只是微微一笑。

「妳一個人行嗎？真的不需要我們……」新太擔心地問。

「你就跟初一好好地享受幸福吧！雖然我現在是一個人，但等我找到一個對的人的時候，一定會比你更幸福。現在就先讓你放狗糧吧。」莎莎開玩笑般打斷他的話。

「……經歷過那種事情，妳還是覺得ROL的宗旨是正義還是惡的？」

「所謂的惡，到頭來不過是以人類的想法去定義的東西。就常識而言，我們的行為看起來像是惡，但就像光必定會伴隨著影，所有事物都會循環，那才是真理。」莎莎莞爾。

「值得嗎？」

「有努力過，就談不上失敗；就算成功，也難免當中存在不快。」

「我明白了，如果迷失了方向，猶豫不決的時候，希望妳能想起我。不管我們相隔多遠，都不要失去聯繫。」

莎莎很感謝這位「姊妹」從頭到尾都沒有離開過她，一直都在身邊支持著自己。她把拳頭握起來，跟新太的拳頭對碰一下，比起姊妹們相擁而飲泣的舉動，反倒兄弟們承諾義氣的表達方式更為適合他們。

儘管天各一方，仍然心繫對方。

就在莎莎迅速把剩餘的咖啡喝完，準備起來走到離境大堂時，她從新太背後不遠處看到另外一雙熟悉的身影。

這對痴男怨女像新戀情一樣，如膠似漆般形影不離，女的把整個身子纏繞著男生的手臂，男生看起來很受落還大包小包地推著行李，有如一對新婚的夫婦一樣。

「不會吧？傻眼了。」莎莎脫口而出。

新太看到莎莎呆若木雞地注視什麼，自己也偷偷轉頭看怎麼回事。

「那個不是……不是……澄花跟浩輝嗎？」

「我也想知道發生什麼事。」

「妳們 ROL 不是有四大規條裡有一項，不可以復合嗎？要阻止他們嗎？」新太問。

莎莎想了一想，說：「不，這次就放過他們吧。你看他們還是能像這樣在一起，感覺他們之間沒有任何隔閡，對話的節奏也很契合。能夠很清楚知道的一件事是，感覺到他們好幸福，真的好不可思議……」

莎莎拿起自己的手袋，跟新太擊拳道別之後，昂首闊步地踏入離境大堂，這次她沒有特定的目的地，她只知道要好好活下去。

不禁慨嘆「愛情」這種奇妙又煩惱的東西，似乎又有了對抗苦難的力量。

在這個平凡的生活中，隨波逐流。我們身處在這個時代，究竟懷抱了多少夢想？

以後也許會陷入受傷垂淚的困境，誰能陪在身邊跨越一切風浪？

慢慢地尋找，受傷也是很尋常的事。

璀璨的夢只要不忘卻，未來便會到來。

以前那個飄浮不定的自己，卻會因為「對的人」而脫繭而出。

雖然這世上或許沒有所謂的永恆，遇見「他」以後，共渡過幾多個無數的春秋，令人懷念那些徹夜長談的日子？

在最痛苦的時候展開新的旅程，可以從過去的自己蛻變。夢想著明天和燦爛的未來，因為你們的故事，將一直到永遠。

她想著走著，突然回頭，靈光一閃：「你有沒有想要報仇的對象，現在找我，算你一個八折吧。」

《全文完》

作者
姬雪

編輯 / 校對
小雨

封面及內文設計
RICKY LEUNG

出版
孤泣工作室
新界葵涌灰窰角街6號 DAN6 20樓A室

發行
一代匯集
九龍旺角塘尾道64號龍駒企業大廈10樓 B & D室

承印
美雅印刷製本有限公司
九龍觀塘榮業街6號海濱工業大廈4樓A室

出版日期
2019年7月

978-988-79447-7-5

HKD
$88

孤出版

孤出版　lwoavie.ph